科幻遇见大语文
你们这些机器人

未来事务管理局／主编
孙薇 郭凯 武甜静／选编

化学工业出版社
·北京·

图书在版编目（CIP）数据

科幻遇见大语文. 你们这些机器人 / 未来事务管理局主编；孙薇，郭凯，武甜静选编. —北京：化学工业出版社，2022.4（2023.4重印）
ISBN 978-7-122-40664-4

Ⅰ.①科… Ⅱ.①未…②孙…③郭…④武… Ⅲ.①儿童小说-幻想小说-小说集-中国-当代 Ⅳ.① I287.47

中国版本图书馆CIP数据核字（2022）第 022345 号

出 品 人：李岩松	特约策划：李兆欣
责任编辑：汪元元 笪许燕	营销编辑：龚 娟 郑 芳
责任校对：宋 玮	装帧设计：王 婧

出版发行：化学工业出版社
　　　　　（北京市东城区青年湖南街13号　邮政编码100011）
印　　装：三河市双峰印刷装订有限公司
880mm×1230mm　1/32　印张$8\frac{1}{2}$　字数131千字
2023年4月北京第1版第4次印刷

购书咨询：010-64518888　　　　　售后服务：010-64518899
网　　址：http://www.cip.com.cn
凡购买本书，如有缺损质量问题，本社销售中心负责调换。

定　　价：39.80元　　　　　　　　　　　　版权所有　违者必究

参编人员名单

名师大语文部分由以下人员编写：

焦玫

（清华大学附属小学语文高级教师，儿童阅读推广人，海淀区语文教学骨干，海淀区优秀班主任和创新班主任，海淀区班主任带头人。）

申旭兵

（清华大学附属小学语文高级教师，儿童阅读推广人，北京师范大学儿童文学硕士。）

序

作为清华大学附属小学的一名语文老师、儿童文学阅读推广人,我以大语文视野,聚焦当下少年儿童多学科、跨领域阅读的需求,给学生们开了一门科幻小说的主题阅读课。每当孩子们走进教室,共同打开科幻小说的那个瞬间,我仿佛和他们一起踏上了神域阿斯加德那座绚烂的彩虹桥。

科学与魔幻的桥梁

漫威世界中的彩虹桥早已不同于北欧神话中的彩虹桥。它是神奇力量的所在,也是连接不同宇宙与世界的通道。对于这座炫彩而美丽的彩虹桥,雷神说:"你们的祖先称为魔法,你们现在称为科学的东西,在我们这里其实是一回事。"从某种意义上来说,这种说法也适用于科幻小说!

科幻小说作家阿瑟·C.克拉克认为，所有奇妙的高科技，均与魔法无异。世界上第一部科幻小说《弗兰肯斯坦》写的就是在实验室里创造人类的故事，这是工业革命之初对科技发展的思考。H.G.威尔斯的《时间机器》通过科技手段，让人们如同神仙一般可以在时间中穿梭，因为早有物理学家认为世界是由无数个平行宇宙构成的。当孩子们对哈利波特的魔幻世界万分着迷的时候，不妨带领他们读一读科幻小说，相信他们会看到科学的世界一如魔法，同样华丽神奇，甚至更加时尚炫酷！

一方书桌与浩瀚宇宙的桥梁

每日的校园生活既充满乐趣，同时也是两点一线的重复。在这样的生活中，我们每个人不仅需要"脚踏实地"，还需要"仰望星空"。

守一方书桌，打开一本科幻小说，浩瀚宇宙在眼前缓缓展开……沉浸在故事中的孩子们，也许正跟着凡尔纳的《哥伦比亚大炮》起飞，经历了人类第一次探月；也许在威尔斯的《星球大战》中遇到了形形色色的外星人；或者已经到了阿西莫夫的《基地》，在时间与空间的尽头寻找新的出路……在科幻小说中你能抵达无尽的远方，也可以如蚁人一样走进原子的世界；你可以返回地球初生的时光，也可以在太阳系崩塌的时候去为人类寻找新的家园。打开科幻小说就是打开了一扇扇新世界的大门。

昂扬向前与反省忧思的桥梁

沉浸于科幻小说的世界，并不是对现实学习和生活的逃离。近年来，科幻小说，尤其是中短篇科幻小说也走进了中高考的视野，频频成为课内外语文阅读甚至是考试的资源。课外阅读推荐书目里，无论是凡尔纳的《海底两万里》，还是刘慈欣的《三体》三部曲、张之路的《非法智慧》，在阅读中都会给学生带来深远的思考，帮助他们形成正确的价值观，并对未来有自己的思考与认知。比如，凡尔纳的科幻小说中充满对新世界的向往，对科技发展的乐观，以及冒险与探索精神。凡尔纳曾乐观地说："凡是能想象到的事物，就一定有人能将它实现。"引领孩子们阅读科幻小说，鼓励孩子们相信科学，积极探索，这样他们才能更好地把握未来。

科幻小说也促进少年求异思维的发展。科学的发展是没有边界的吗？一切是顺应人性，还是让位于先进的科学？威尔斯的《世界大战》展现了外星生物带来的危机；《记忆传授人》中的人类完全按部就班，科学分工，用药物抑制情感；《北京折叠》中描述的未来真的会来吗……一部部精彩纷呈的科幻作品，不仅仅为我们呈现出一个个绚丽多姿的视觉世界，更启发我们沉心静气，深入思考。

精准与浪漫的桥梁

我教过很多学生，有一类学生非常喜欢阅读科普作品、百科全书，他们不喜欢童话，不喜欢文学作品，认为那是假的。还有一类酷爱文学，从故事起步，沉醉于虚构的世界，完全不喜欢纯粹传授科学知识的书籍。课余，经常有学生会拿着一本科幻小说来问我，科幻小说里的内容是科学更重要，还是故事更重要？这时，我就会引用刘慈欣的一段话来回答。刘慈欣说："科学技术本身有着深厚的美学内涵，科幻小说则是努力用文学语言来表现这种美。"确实，即使是在那些被称为硬科幻的作品中，读者依旧可以感受到文学创造的神奇世界。当然也确实有孩子因为从小爱读科幻小说，而迷上了物理、天文、数学、化学、生物、计算机等学科，从而水到渠成地对他们的课内学业大有裨益，有些孩子甚至因此长大后走上了科学研究的道路，或是成为各行各业的专家学者。

科学是精准的，文学是浪漫的。科幻小说恰好成为二者的桥梁。科学技术不断发展，让我们所在的世界有了无限的可能；科幻小说里面充满人们对科学飞速前进的渴望，小说家们则用浪漫的想象为科学探索插上了翅膀。

"科幻遇见大语文"系列选集的的编选理念，正好与我们语文教学研究中提倡的大语文思维非常契合。首先，这套小说的内容品质是有保障的。入选作品是获得过雨果奖、星云奖、银河奖、引力奖、轨迹奖、阿西莫夫奖等世界科幻小说知名奖项的精品，入选作家也都是世界科幻小说黄金时代的代表作家。其次，小说涉及的科学门类丰富，科学领域众多——语文、物理、化学、地理、历史、生物、计算机等学科知识背景融入其中；文学、历史、哲学、艺术、社会、科学、博物七大领域均能覆盖。

对每一篇选文，我都从语文阅读理解和写作的角度进行详细地分析和解读，将之归纳为"名师大语文"版块，分名师导读、科学背景、思维拓展三个小栏目。其中，科学背景部分邀请了我校优秀青年科学教师张懿老师进行审读，之后又请中科院的两位科学家进行把关，以确保拓展内容的严谨性。

希冀这套书能引领孩子们顺利进入科幻小说的世界，踏上"彩虹"桥。科学与幻想的双翼将帮助他们进入时空的舞台，去欣赏、去感悟、去积极探索！

清华大学附属小学 焦玫

目 录

你们这些机器人 /001
〔加〕里奇·拉尔森/著
赵佳铭/译

它们是肉做的 /030
〔美〕特里·比森/著
孙薇/译

永生 /039
〔美〕迈克尔·斯万维克
孙薇/译

德谟克利特之琴 /058
〔美〕G.戴维德·诺德利/著
丁将/译

健康就是财富 /098

〔日〕林让治/著
武甜静/译

神之进化 /123

〔韩〕金宝英/著
袁枫/译

养蜂人 /155

王晋康/著

角斗 /176

宝树/著

解冻 /189

孙望路/著

风言之茧 /226

昼温/著

你们这些机器人

[加]里奇·拉尔森/著
赵佳铭/译

"是我们把你造出来的!"

雕刻者七号专心致志地听着。最近,那个自称米哈伊尔、一再强调说自己是"这个该死的岛上唯一的人类"的人说的话越来越少了。现在,他要么默默地凝望着大海,要么一边发出动物一般的抽鼻子声,一边从他额头前面转来转去的光感受器里流出透明的润滑油,那些润滑油滴在了沙滩上。有一次,那个人还说自己"哭得跟个小娘们儿一样"。

此时，雕刻者七号和那个人正在一棵被风暴吹弯了的棕榈树的树荫下制作长矛。雕刻者七号更喜欢没有任何遮挡的阳光，在阳光下，他光滑黝黑的碳质皮肤会在空中守望者富有生机的凝视之下嗡嗡作响。为了那个人，他忍受着。

"你们怎么把我造出来的，我得知道？"[①]雕刻者七号问。他用音频端口发出起伏不定的脉冲，来模仿那个人软绵绵的语言。这种语言比森林里那些四肢修长的攀缘者发出的叫声要微妙得多，但距离流淌着咔嗒声和吱吱声的真正语言还差得很远。

"你就是个傻蛋聊天机器人吧？"那个人说。

"你们怎么把我造出来的，我得知道？"雕刻者七号重复着。他已经学会忽略无关紧要的输入音频，学会区分那个人什么时候是在自言自语、什么时候是在对他说话。雕刻者七号把长矛的末端放在自己操作器的锐利边缘上加工成尖头。

"在某个地方，某个实验室。可能他们知道世界要完蛋

[①] 这句话和后文中雕刻者七号与人类对话时颠三倒四的语序、生硬的用词和语病都是作者有意为之，用于体现雕刻者七号模仿人类语言时的生疏感。（本文注释，如无特别说明，均为译者注——编者）

了,想要在我们完蛋之后留下点能继续运转的东西。"

雕刻者七号把做好的长矛插进浅灰色的沙地中。"在某个地方,某个实验室,怎么把我造出来你们造金属……"雕刻者七号用两条操作器轻轻敲打自己,然后指着那个人爆皮的红色皮肤,"……用肉?"

"他们没用肉,用了合金、硅,还有,你知道的,用那些机器人的垃圾玩意儿。"

那个人说出的这种亵渎神明的话给雕刻者七号带来了一种奇怪的兴奋感。那个人在某些方面很聪明,他可以预测岛屿周围水流的运动,还可以借助云彩来预测天气。他说自己来自一个已经沉入海底的漂浮的金属村子。如果那个人可以造出金属村子,那么他可能也可以造出其他的金属物品。

或者修理其他的金属物品。

雕刻者七号将自己闪着微光的黑色身躯——拥有敏捷的步行器、灵巧的操作器、有抓握功能的光感受器——和旁边坐着的那一坨别扭地组合在一起的血、肉、骨头做了一下对比。自从那个人被冲到这座岛上来,已经有三次险些就要被迫关机了,或者因为恶劣的天气,或者因为其他动物。

他们在身体上确实有些细微的相似之处，但那个人才是脆弱的复制品。那个人造了自己，这似乎不太可能——那个人甚至都没有能力修好一个搬运者瘪了的头部，而且这种想法还有点渎神。他的希望慢慢地消退了。

"不对。"雕刻者七号说。

"那你从哪儿来，机灵鬼？"那个人问。

雕刻者七号走出树荫，举起一条操作器，指向高悬于钴蓝色的大海之上的空中守望者那正在燃烧的光感受器。

"那我从天上哪儿来，机灵鬼。"雕刻者七号说，"现在看着我。"他撬开自己的头，让那个人看到他身体里稳定燃烧的生命之光，看着他的思维闪烁碰撞。"空中守望者的一小部分，给每个婴儿空中守望者成员。"他解释道。

"太阳崇拜。"那个人说，"真原始啊。"说完他回头继续鼓捣长矛，他拿起一根锐利的金属手指削着长矛。雕刻者七号之前见过他用这根金属手指一次又一次地在剥落下来的棕榈树皮上刻下符号。"我想这也有道理。你是太阳能驱动的，你需要太阳光才能运作。"

"是的。"雕刻者七号开始制作新的长矛，"但是有人正在学习新的方法。"

"那真好。"那个人说完，转过身去，望着海面。

那个人今天再也没开过口。当空中守望者开始下沉时，雕刻者七号离开了。他的家族居住的地方离森林边缘不远，测绘者在那里发现了一块理想的、突起的石头，搬运者和雕刻者用倒下的树木把石头改造成了一个庇护所，可以用来躲避暴风雨，也可以用来躲避那些夜间被他们的生命之光发出的热量吸引过来的捕食者。

在回村子之前，雕刻者七号先去拜访了回收者。他找出了她的频率，看到她正在她的庇护所外头的一块平坦的岩石上。她的庇护所在森林更深一点的地方，上次暴风雨之后，是雕刻者七号帮她重建了庇护所，因为其他雕刻者说工作任务已经过量了。回收者仅此一个，雕刻者七号认为这可能是她远离家族的原因。

当雕刻者七号到达那块平坦的岩石后，他发现她正蹲在一头死猪的旁边。回收者有着如搬运者一般的宽阔脊背和强力伺服电机，有时，从远处看去，雕刻者七号可以把她当成搬运者三号。但她并不是。她那正在切开那头死猪胃部的带刀刃的操作器造型独一无二，她做的事情没有其他任何人能做得了。她是个回收者。

伴随着一阵气体喷出的嘶嘶声，那头猪的内脏像一团粉红色的绳子一般涌了出来。回收者把两只操作器都伸进了猪的身体，石头上溅满了血液和稀屎。这并不是雕刻者七号第一次见她肢解动物。有时候会有挖洞兽在村子里到处乱踩，如果家族成员没办法把它赶走，就会用长矛杀掉它，把尸体带给回收者，回收者再给他们带回可用于关节润滑的脂肪和可用于防水的拉平并风干好的皮肤。

最近回收者一直在打猎。不过她做了些新的事情。在雕刻者七号的注视之下，回收者撬开了她的隐藏嘴，也就是那个呼呼作响的孔洞，只有当空中守望者连续几天藏在面纱之后时，家族成员在迫切需要使用这个孔的时候才会用它。雕刻者七号自己也只用过一次，他把压碎了的树叶和树皮填进孔里，以保持自己的生命之光能在黑暗的一周中继续亮着。那次经历并不愉快。

现在回收者拿起了她的吸收器——它的制作材料包括骨头、鞣过的皮肤和雕刻者七号能辨认出的老搬运者身上的各个部分——把它插进了那头死猪体内。雕刻者七号闭锁了他的光感受器，不想积累更多关于这种行为的视觉数据了。他不喜欢任何形式的肢解，自从那次事故之后就不喜欢了。

"愿空中守望者垂青于你。"回收者咔嗒道，在他们进入双方都熟悉的频率之前，她向雕刻者七号致意，"又是你的转向器的问题吗?"

"我的转向器很好,谢谢你。"雕刻者七号弯了一下她前几天帮他修好的关节,显示自己的运动功能完全无恙。随后他在他们正在玩的策略游戏中走了一步,并给了她一份粗略记录,记录了那个人白天说的一切。那个人声称自己造了他们,他对此做了强调,因为这件事情一直在他的脑海中反复翻腾。

"那个人说了很多有趣的事。"回收者巧妙地走了一步,赢得了策略游戏。她太聪明了,要是和搬运者三号玩的话,雕刻者七号可以和她你来我往地连续斗上好几天。回收者问他想不想用吸收器,雕刻者七号一如既往地拒绝了。

他记得第一次也是唯一一次尝试着用动物燃料的时候,他的身体实在是太排斥血液和胆汁了,于是又把它们吐了回去。而回收者已经习惯了,她可以用动物燃料挨过整个夜晚,在邪恶的黑暗之中保持清醒。家族的其他人不知道这件事。

雕刻者七号保守着她的秘密,因为她也在保守雕刻者七号的秘密。

"有可能真是那个人造了我们吗?"雕刻者七号问道。他的光感受器游离到了回收者的庇护所后面的一小堆泥土上，那里掩藏着他的秘密，埋葬着他的秘密。

回收者又思考了一秒钟。"唯一能知道那个人是否正确的方法就是把他的脑袋撬开，搜寻他的记忆。"她咔嗒道，"既然你那么肯定，那个人不仅仅是一只类似森林里的攀登者那样的动物，那么在他长着毛的头颅里面应该还有一盏生命之光。"

雕刻者七号沉默了。这不是回收者第一次提到这个想法。雕刻者七号确实认为那个人有生命之光，但是并不认为他的生命之光可以用和自己同样的方式取出来。当他第一次发现那个人的时候，他的头正在流血。

"我可以看看她吗？"他问道。

回收者咔嗒咔嗒地做了一次很长的扫描检测，确保周围一个人也没有。随后她把操作器伸到夯实的泥土里，开始挖掘。雕刻者七号也加入了她的工作，快速把土铲走，等挖到合适的深度时又慢了下来。

他重新取出搬运者三号被砸坏的、变形的头，他瞒着家族，把它藏在了空中守望者目力不及的阴暗地下。这违背了家族传统。在被一块掉下来的石头砸坏之后，搬运者三号没有被完全回收。雕刻者七号再三请求，回收者才同意帮忙保存她的头。

搬运者三号的光感受器空白一片，对雕刻者七号轻柔的咔嗒声也毫无回应。但是雕刻者七号知道，她的生命之光并未完全熄灭。他知道如果他等得足够久、看得足够久，就会看到一丝有气无力的火光缓缓地绕着圈。

"没人可以修好受损的生命之光，"回收者咔嗒道，"那个人也不行，没人可以。"

雕刻者七号把搬运者三号的残骸放在自己主机腔的深处，并把它藏好。回收者总是正确的，回收者很聪明。

但是不管希望多么渺茫，雕刻者七号都要试试。

第二天，他又去找了那个人。

"嘿，看它这是谁。"距离那个人很远的时候，他就用鸟鸣一样的颤音喊着，因为那个人很容易受惊，就像一只鸟一样。他抬头望向他，他的光感受器有点发红，闪着微光。

"嘿，是你啊，机屁人①。"那个人说了一句，之后又继续工作。在他柔软的双脚之间有一棵被风暴刮倒的树，

---

① 原文为"robo-butt"，butt一词是"屁股"的意思，是利用"机器人（robot）"一词开的谐音玩笑。

他正在用那把锋利的身体附属物刮掉树枝。雕刻者七号环顾四周,看到了火焰燃烧的余烬和烧焦的动物尸块。那个人之前去打猎了,就像回收者那样打猎。在这堆乱七八糟的东西之外,还有两根已经剥得光溜溜的树干。他很好奇那个人在建造什么。

但是他先前的疑问要重要得多。

"你能不能帮我个忙,赶紧滚?"雕刻者七号问。

这句话引起了那个人的注意。他的音频端口打开了,发出一阵清脆短促的噪声。那个人常常重复这种声音,有时是在高兴的时候,但更经常是在流出润滑油的时候。

雕刻者七号在海滩上扫视了一圈。"你能不能帮我个忙,赶紧滚,看看这里,把它修一修?"他问道。随后他打开自己的主机腔,把搬运者三号瘪进去的头拽了出来。

"哇哦!"那个人的光感受器变大了,"你干的?就像《蝇王》[①]里头的狗屎情节一样?"

"《蝇王》里头的狗屎情节?"雕刻者七号重复着,试

[①] 英国作家威廉·戈尔丁的长篇小说,故事发生于未来第三次世界大战中的一场核战争中,一群六岁至十二岁的儿童在撤退途中因飞机失事被困在一座荒岛上,起先尚能和睦相处,后来由于恶的本性膨胀起来,便互相残杀,发生悲剧性的结果。

图解析这条新的声音单元。

那个人摇了摇头。"它是谁？"他问道。

雕刻者七号认真地思考着。他知道这最后一个问题的意思，但是他不知道如何把搬运者三号的名字——那美妙的咔嗒-吱吱-咔嗒的音频弧线——转变为那个人丑陋的、软绵绵的语言。随后他的子进程回想起了那个人过去使用过的一个声音单元，那个人在海边哀号的时候用过它，在冗长的谈话中也总是以此来断句。

"她是阿妮塔。"雕刻者七号说。

那个人头颅前面有肌肉围绕着始终潮乎乎的音频端口和棕色的光感受器，听到"阿妮塔"这个声音单元，那些肌肉抽搐起来。雕刻者七号将这种情况识别为悲伤。他想知道自己是不是犯了什么语言错误。随后那些肌肉又松弛了下来。

"别说这个。"他说，"你不懂的。你他妈完全不懂。你是个机器人。"

"你能稍微修一修吗？"雕刻者七号问。

那个人茫然地盯着他，没有回应。

"你说你们在实验室里造出我们，你知道。"雕刻者七号尽自己的努力把事情说清楚，"是吗？不是吗？请让她好起来。"他把搬运者三号的头递给那个人。

那个人接过她。从之前他拿起大部分东西的经验来看，雕刻者七号绝对想不到他的动作会这么轻柔。那个人用柔软的、肉做成的操作器捧着她。"你认为我能修好你的朋友。"他说。他发出了那种清脆短促的噪声，但是只有一下。他的音频端口弯曲起来。"天哪，我不是机器人学家，哥们儿，我是个电工，我……"他的音频停顿了一下，"那么，这就是你一直在这附近晃悠的原因吗？"

雕刻者七号理解不了这些。有太多新模式下的新声音单元了，而他缺乏足够的背景去理解。"你能稍微修一修吗？"他重复道，"让她能看、能说话、能思考。"

他低下头去看了看搬运者三号的头。"当然，"他轻轻地说，"好，我会帮你修好你的朋友，我会让你的朋友好起来。"

那个人会去修理搬运者三号的生命之光。雕刻者七号一遍又一遍地回放着这些声音，确保自己已经猜出了正确的意思。他体内的每一个回路都流转着纤弱的快乐。

"但是你也必须得帮我做点事情，行吧？"那个人说，"你得帮我造好这艘船，离开这座岛，好吗？"

"好。"雕刻者七号根本就没有费事去问什么是船就回答说:"好,好,好,好,好。"

雕刻者七号会帮那个人造船,作为回报,那个人会把搬运者三号带回他身边。

在接下来的三天里,雕刻者七号明白了什么是船:一堆用藤蔓绑在一起的树干和树枝,这样才可以像一片叶子漂在水坑表面一样浮在海面上。他们一起工作的时候,那个人这样对他解释。

那个人动作缓慢笨拙,还容易疲劳,但是那个人很聪明,就像回收者一样聪明。它总是能提前算好下一步,在遇到困难的时候、在木头开始弯曲或者藤蔓太脆弱的时候,总是可以随时改变计划。

这给了雕刻者七号希望,他觉得那个人能修好搬运者三号。当雕刻者七号在努力工作、切掉树枝、打磨原木的时候,那个人常常带着搬运者三号的头坐在树荫下。雕刻者七号很难控制住不让自己的光感受器移向他们。每当他抬头看过去时,那个人都在用他柔软的操作器轻轻敲击搬运者三号,敲出神秘的声音,他脸上的肌肉紧紧绷着,雕刻者七号知道这叫作专心致志。

"再给我几天时间就行。"那个人注意到雕刻者七号后说,"我快干完了,你的朋友快要修好了。"

"好。"听到这个消息,雕刻者七号的心中涌出一阵乐观的情绪,"很好,太他妈的好了。"

那个人从他的音频端口喷出空气:"现在你的脏话怎么比我还多了?我觉得我说的脏话说得都没你那么厉害。"

"几天是多少天?"雕刻者七号问,"几是一、几是二、几是三?"

"两天。"那个人把两条操作器放在身边,看着船,"几是二。"

"可能阿妮塔修好和船全都完成几两天。"雕刻者七号说,他希望这两件事情碰巧一起完成,这样搬运者三号醒来时,正好可以看到雕刻者七号帮忙建造的船彻底完工。她总是喜欢看到雕刻者七号制作的东西。她总是能辨认出雕刻者七号的操作器留下的独特痕迹和花纹。

那个人的脸扭曲了一下,似乎正遭受着短暂的痛苦。"可能会这样。"他说。在一阵很长的沉默之后,他柔和地问道:"你认为阿妮塔是什么意思呢?当你说阿妮塔的时候,对你来说意味着什么呢?"

雕刻者七号仔细地思考着,他回忆起自己珍爱的、关于搬运者三号的所有记忆,那些他常常回忆,以至于都开始褪色的记忆。

她宽阔的背部、粗壮的关节。她举重若轻地把木头和石头堆在一起的那种骄傲的方式。她的善良。她总会保存下最好的材料，比如一根有趣的浮木或者一块特别柔软的楔形岩石，她会把这些材料分享给他，看着他雕刻。他们一起慢慢玩的策略游戏。他们熟悉的频道。他们的小秘密。在她的生命之光损坏之前，他们一起做的一切。

"阿妮塔是你要运转需要的光。"雕刻者七号说，"阿妮塔是你的所需。不见了。"

"是的。"那个人说，在他的光感受器中有润滑油在闪烁，"是的。她游泳总是比我游得好，我实在不明白是怎么搞的。"那个人擦了擦光感受器，擦干净润滑油。"嗯，哥们儿，你应该把这个头拿回去了。我之前和你说……"他安静下来，又望向船，"你只是个机器人。"那个人说，但与其说是和雕刻者七号说的，不如说是在自言自语，"我们都快要完工了，你现在该回去了，铁皮人，明天一大早再来工作。"

雕刻者七号知道这种情绪。"滚远点，滚回去。"他一边说一边挥舞着一条操作器，这是那个人用来结束一个工作周期时的姿势。

"好,"那个人说,"你也是。"

雕刻者七号离开海滩的时候,那个人还在低头盯着搬运者三号的头看。

一进村子,雕刻者七号就意识到有什么不太对。空气中满是交谈的声音,家族在深入交谈时候的咔嗒声、嗡嗡声和吱吱声。但是当雕刻者七号把自己的频率调节到谈话频率的时候,他发现那些声音模糊不清、支离破碎。起初他怀疑自己受了伤,但随后他就意识到问题严重得多:家族已经把他排斥在外。

巨大的震惊让他麻木了一阵。他在过去三天的大部分时候都在海滩上,和那个人在一起,但是这仅仅是因为他在村子里的工作量不大。上一次暴风雨基本没造成什么损失。修造一条新的栅栏来阻挡动物进村的计划也被推迟了,因为测绘者们对栅栏的选址有争论。雕刻者七号并未玩忽职守。

他慢慢走过村子,仍然凭借本能试图去理解周遭的言辞,但是却完全无法听懂。其他人的光感受器跟随着他前进的步履。直到他看到其他雕刻者在制作新的长矛,看到回收者一动不动地蹲在那里和家族中小巧灵活的测绘者们说着话的时候,他才开始明白发生了什么。

"雕刻者七号,愿空中守望者垂青于你。"测绘者二号说。

自己又可以理解别人的话了。雕刻者七号先是如释重负,随后又恐惧起来。

"很抱歉,我们没有让你参加讨论。"测绘者二号继续说,"但是我们认为你在处理那个人的问题上已经不再公正了。除你之外的所有人达成了共识。"

雕刻者七号看着回收者,当家族成员正在跟自己讲话的时候,不能问她做了什么、为什么要这么做。

"你自己承认过,那个人似乎和家族成员一样可以思考、可以交流。"测绘者二号说,"因为这一点,他必须为他的亵渎行为付出代价。那个人不是说他们创造了家族吗?难道他要夺取空中守望者的角色?"

这个问题只有一个诚实的答案。"是的,他确实这么说了。"

"因为那个人的渎神行为,我们已经决定他必须被关机。"测绘者二号说。"明天早上我们去那个人的庇护所,回收者已经被授权在之后肢解并研究他的尸体。"

雕刻者七号又一次看向回收者,感觉到了一些他从前从来没有体会过的东西。这让他想起了那个人对着天空流泪的场面，让他想起自己尖利的刀锋——他可以把它们插进回收者的身体，毁了她，毁了她，毁了她。她背叛了自己。

现在家族会杀掉那个人，他对搬运者三号最后的希望也会随之逝去。

回收者迅速走向村子边界，回到了她的庇护所和平坦的岩石那里。雕刻者七号想把回收者在晚上做的事情告诉测绘者：她如何打猎又如何进食，她不再需要空中守望者了。但他没有说。他帮她保守了秘密。他跟着她来到了树林里，用尖利刺耳的频率开始讲话。

"你所做的一切都是为了解剖那个人。"他说，"这样你就可以吸它的血了。你比动物好不了多少，回收者。愿空中守望者永远不要垂青于你。"

回收者沉默了好一会儿，最后说："我是为了帮你才把这件事告诉家族的。这样那个人就没办法再骗你了。最后你会感谢我的。"

随后她就消失在了森林之中。雕刻者七号没有跟着她，而是回到了自己的庇护所。庇护所的框架经过了加宽处理，这样方便搬运者三号想要和他一起挨过暴风雨时进来。他在半路停了下来,捡起一根满是浓密绿叶的树枝。其他的雕刻者都看着他。雕刻者七号问他们是否有足够的长矛来杀死那个人,那个有着柔软的红色皮肤和无力的操作器的可怕的人。他们保证他们有。

雕刻者七号没有什么任务要完成。如果他愿意的话,他可以早点休息。他走进庇护所,开始把树枝上的叶子一片一片地扯下来。

当雕刻者七号醒来时,天还很黑。这很可怕,似乎光感受器被挖了出来,自己已经失明了一样。但是他没有时间害怕了。他昨晚提前关机,但也只给他留了可以维持一小会的剩余能量。他拿起撕碎的树叶,张开隐藏的嘴。

进食的孔洞嗡嗡地研磨着树叶,雕刻者七号感觉体内正在流转着一种不同的能量,边缘毛糙、飘忽不定,和空中守望者所发出的温暖舒适的脉冲截然不同,这种能量让他感觉很不舒服。他明白家族只在紧急情况下使用这种能量的原因,但他认为,现在就是紧急情况。

天色漆黑如墨,但雕刻者七号还是知道自己身处何方。他知道,从庇护所出门上路一直走到海滩的距离没有变。他开始行走,听着他看不到的脚板踩在紧实的泥土上的声音,听着它们踩在树叶和藤蔓上的沙沙声。他感觉森林吞噬了自己,他听见了动物的声音。雕刻者七号很难不去想象那些动物被他的体温所吸引、在森林中跟着他的场面。和他上次踩下相同的脚印时相比,有些树枝已经移动了位置,每一根树枝打到他的身上时,他都会吓一跳。

雕刻者七号终于听到了双脚踩在沙地上的吱吱声。现在他已经到了海滩。更妙的是,这里有光。雕刻者七号可以辨认出他面前海岸的形状,辨认出他身后浓密的森林,甚至辨认出波涛翻卷的大海。他困惑地抬头望向天空。在他的想象中,当空中守望者关闭她的光感受器的时候,天空应该是一片黑色的虚无。但天空不是这样的。空中布满了闪烁发光的小碎片,就像是在黑暗中浮现起的生命之光。

回收者从来没有提到过这样的事情。雕刻者七号想要再仔细看看,但是已经没有时间了。他转向那个人在沙滩上搭建的倾斜的庇护所,那里也有光,光芒来自那个人有时候为了保持身体温暖,或者在进食前改变肉类的性状时点燃的篝火的余烬。

雕刻者七号不想制造声音,以防回收者还和他一样醒着。他蹲下身子,挪动到庇护所里面够深的地方,直到他的操作器可以碰到那个人的脚。

那个人猛地直起身子："我的天！"

雕刻者七号放弃了不制造声音的想法。"天亮早回去工作。"他说，"看看它这是谁。"

"现在是半夜，"那个人说，"我说，等到早晨，而且……"他揉了揉光感受器，"你晚上不关机的吗？现在没有阳光。"

"有时你得随机应变。"雕刻者七号说，"早上那个人是不能看，不能想，不能说话。"

"啥？"

雕刻者七号费力地想找到一种能表达"非自愿关机"这个概念的方式。他甚至不太确定那个人是否清楚自己会死。他捡起一支尖端已经染成红色的长矛，向着空中刺去。

"早上，其他铁皮人打猎你。"他说，"其他铁皮人砍碎你。"

那个人的光感受器变大了。雕刻者七号知道他听懂了。

"你们又学到了新的东西，哈。"他说，"你们这些机器人，又要重蹈覆辙，走上我们的老路啊。猎杀异教徒就是第一步。"

"我会帮你的。"雕刻者七号说，"让你安全。但是你也需要给我做些事，好不好？把阿妮塔修好一点。"

那个人颓然地坐下了。"你应该让它们把我砍碎。"

雕刻者七号知道，那个人有时候会因为自己无法理解的原因自我伤害，但是现在已经没有时间去了解原因了。他环顾四周，看到搬运者三号的头被放置在一个小沙堆上，雕刻者七号小心地把她捡了起来。

"快完成了。"雕刻者七号说，"现在把她修好一点。"

"我做不到。"那个人说，"我根本就不知道正电子大脑怎么运行的。我撒谎了。我和你撒谎了，这样你才会帮我造船。我修不好你的朋友。"

雕刻者七号把这段话重复播放了一遍又一遍，他不愿意相信。那个人不能修好搬运者三号，那个人从来都不可能修好她。回收者是对的。

"我试过的。"那个人发出了那种短促的噪声，只有一声，"我看了电路还有其他的东西，但是那都是在实验室里面用激光和微型工具做的，还有……还有那些机器人的垃圾玩意儿。对不起，哥们儿。"

"阿妮塔走了？"雕刻者七号说。想确认一下这一点，他绝望地期待那个人反驳他。

"是的。"那个人如此回答。"阿妮塔走了。"他揉了揉脑袋，"我想我一直没有说过这一点，没有清楚地说过这一点。"他停顿了一下,"我很抱歉。"

"为什么造船?"雕刻者七号问。他没有办法明确表达出他真正想要表达的意思:他有一种深深的空虚感,就好像搬运者三号又一次被拆解了一样。

"我想试着去陆地上。"那个人说,"看看有没有幸存者乘船越过了这座小岬,有没有救生船成功登陆了。不过不要紧了,要是我没死在这里,那我可能也会死在海里。要是我没死在海里,那我也会死在别的什么地方。不要紧的。"

雕刻者七号又一次想到了他尖利的刀锋,想要伤害那个人是多么易如反掌啊。等着家族来替他做这件事情就更不费力气了。随后他想起了搬运者三号的善良性格。

"快完工的船。"雕刻者七号说,"铁皮人不去海里。船让你安全。"他走到他们砍倒并且拖过来的最后一棵树旁边,把它滚向其他的树木。

"你认真的?"那个人问。

雕刻者七号开始磨光原木,作为回答。他的打磨短促有力,精准又有节奏。他是一个雕刻者,所以他会雕刻好。他会和搬运者三号一样善良。

"在做人这方面,你比我好。"那个人说,"你要知道这一点。"

"你应该开始工作了。"雕刻者七号说。

当那个人宣布船已经完工的时候,天空的颜色开始变为紫红色。他们头顶闪烁着的生命之光正在消退。在它们完全消失之前,雕刻者七号问那个人它们是什么,万一他知道呢。

"星星,"那个人说,"天上的星星。"

"天上的星星。"雕刻者七号重复道。

那个人停顿了一下:"你要知道,有一些人觉得我们死后会去那里。他们觉得我们的灵魂……我们的……"他轻轻敲了敲脑袋,之后又拍了拍身子,"他们觉得我们身体的一部分会升上天空,看着还在下面的人。"

雕刻者七号分析了一下这些信息。他低下头,看着搬运者三号近乎完全黑暗的生命之光,他正用操作器抱紧她。雕刻者七号想知道搬运者三号其他的生命之光是不是在天空中,这似乎不太可能。

"如果你愿意的话,我可以带着她。"那个人说,"万一我遇到某个疯狂的机器人专家呢。"

"阿妮塔走了。"雕刻者七号说。

"是的。"那个人通过他的音频端口吸了一口气,"谢谢你帮助我。希望你的同伴不会生你的气。其他铁皮人会捕猎你吗?"

"不会。"雕刻者七号说。他会告诉家族的其他人真相:那个人一定已经在黑暗中乘船漂远了。他不会告诉他们自己工作了一晚上,帮助他成功逃亡。回收者可能会猜到,但她不会告诉其他人的。雕刻者七号会向她道歉,把搬运者三号的头给她,让她最终回收。但是雕刻者七号可能会要留下搬运者三号身上的一小块,就要很小的一块,焊在自己身上。

"好,"那个人说,"那就好。"

雕刻者七号用一条操作器帮那个人把船拖到水边,尽可能一直拖到他敢接近的极限,然后走回原地。那个人跳了上去,晃得木船在海水中摇摆震荡。

"我想这就是分别的时候了。"他说。他的光感受器又有漏油的风险了。

"哭得和个小娘们儿一样。"雕刻者七号说,"滚远点。"

那个人撑着篙,朝着海浪漂流而去,他又发出了短促的噪声,一次,又一次。雕刻者七号说不清楚那是因为痛苦还是因为快乐。空中守望者升上天空,雕刻者七号的后背暖和起来，他踏着平稳有力的步伐向着村子走去，此时他也无法说清自己究竟感受如何。

里奇·拉尔森生于西非，曾于罗德岛求学，现居加拿大渥太华，自2011年至今已有一百多篇小说发表在知名刊物上，并被多部年选收录。作品曾被斯特金奖、手推车奖等奖项提名，已有法语、意语等多种译本。

本篇获2017年阿西莫夫读者选择奖最佳短篇小说奖。

名师大语文

名师导读

雕刻者七号曾经坚信不疑地认为自己来自天空，是太阳创造出来的。而那个因为一次意外而流落到小岛上，并说自己是"这个该死的岛上唯一的人类"的人——米哈伊尔，则告诉雕刻者七号说"是我们创造了你。"雕刻者七号并不相信米哈伊尔这种亵渎神灵的胡言乱语——这座岛可是机器人的地盘，但是他态度认真地听着他的抱怨；而在米哈伊尔的眼中，雕刻者七号只不过是空有一身蛮力、没有大脑、仅仅会聊天的机器人罢了。一开始他们都各怀目的，并达成了某个秘密交易：这个声称来自一座金属浮村的人类或许能够修复金属生命，这也是雕刻者七号期待的；雕刻者七号则答应帮助米哈伊尔离开这个孤岛。而岛上其他机器人的介入，使得二者的关系逐渐微妙起来。

如果机器人和人类一样也有了信仰，那么当人类和机器人原有的信仰和信念双双被动摇之后，世界将会发生什么样的变化呢？

智能机器人

从广泛意义上理解所谓的智能机器人，它给人的最深刻的印象是一个独特的能进行自我控制的"活物"。其实，这个自控"活物"的主要器官并没有像真正的人那样微妙而复杂。

智能机器人具备形形色色的内部信息传感器和外部信息传感器，如视觉、听觉、触觉、嗅觉。除具有感受器外，它还有效应器，作为作用于周围环境的手段。这就是筋肉，或称自整步电动机，它们使机器人的手、脚、鼻子、触角等动起来。由此也可知，智能机器人至少要具备三个要素：感觉要素、反应要素和思考要素。

我们称这种机器人为自控机器人，以便使它同前面谈到的机器人区分开来。它是控制论产生的结果，控制论主张这样的事实：生命和非生命体有目的的行为在很多方面是一致的。正像一个智能机器人制造者所说的，机器人是一种系统的功能描述，这种系统过去只能从生命细胞生长的结果中得到，现在它们已经成了我们自己能够制造的东西了。

智能机器人能够理解人类语言，用人类语言同操作者对话，在它自身的"意识"中单独形成了一种使它得以"生存"的外界环境——实际情况的详尽模式。它能分析出现的情况，能调整自己的动作以达到操作者所提出的全部要求，能拟定所希望的动作，并在信息不充分和环境迅速变化的条件下完成这些动作。当然，要它和我们人类思维一模一样，这是不可能办到的。不过，仍然有人不断试图建立计算机能够理解的某种"微观世界"。

思维拓展

　　雕刻者七号和小岛上其他机器人不同——七号显然具备了人的情感与共鸣能力,他爱上了搬运者三号,所以才会央求回收者留下三号的遗体,不进行拆分,才会同意米哈伊尔以造船为条件修好三号,才会在得知米哈伊尔欺骗他时依然选择像三号一样善良地去帮助他人。他同情米哈伊尔,理解米哈伊尔的孤独与无奈,因此米哈伊尔才会觉得七号更有人性。与其说七号是个机器人,倒不如说七号是个有血有肉的人。因此,当小岛上的机器人要处决米哈伊尔这个口出狂言的"异教徒"时,他才会"纠结"和"叛变"——这正是七号作为机器人最有张力的所在。

　　"你们这些机器人,又要重蹈覆辙,走上我们的老路啊。猎杀异教徒就是第一步。"与我们不一样的,难道就是错的吗?米哈伊尔的这一句抱怨道出了文章的主题,面对不同的存在,能否有一颗包容的心,彼此共存?这也是人类在发展成长过程中所面对的重要问题。而人类之所以能够代代繁衍,需要的正是搬运者三号这样的善良与仁慈之心,雕刻者七号觉醒了,可能还会有更多的机器人觉醒,因为一个生命需要另一个生命去点燃。

　　这个故事看到最后,不知道你内心会不会很感动呢?那么到底雕刻者七号所代表的智能机器人和米哈伊尔代表的人类哪一个族类的精神更为高贵呢?在这之后,二者又将如何共存呢?

它们是肉做的

〔美〕特里·比森/著
孙薇/译

"它们是肉做的。"

"肉?"

"是肉。它们是肉做的。"

"肉?"

"确凿无疑。我们从这颗行星的各个地方抽了些样本,将它们带到侦察船上,里里外外都检测过了。它们完全是肉做的。"

"那不可能啊。那无线电信号呢?那些发往恒星的信息呢？"

"它们通过无线电波对话，但信号并不是它们本身发出来的，而是用机器发送的。"

"那么，是谁造了机器呢？那才是我们想要接触的。"

"它们造的机器。这就是我想告诉你的。肉造了机器。"

"太荒谬了。肉怎么能造出机器来？你是要我相信肉有意识？"

"我不是让你相信，而是告诉你。这些生物是那个区域唯一有意识的种族，而它们是肉做的。"

"也许它们跟欧佛雷人一样。你懂的，那种会经历肉形态阶段的碳基智能生物。"

"不是的。它们生来就是肉做的，死了还是肉。我们研究了其中一些肉的生命周期，耗费的时间并不长。对于肉的生命周期，你有概念吗？"

"饶了我吧。嗯，也许它们只有部分是肉做的。你懂的，就像文迪雷人一样。肉做的脑袋，里面装着电子等离子体的大脑。"

"不是的。我们也想过这种可能，因为它们确实跟文迪雷人一样有着肉做的脑袋。但我告诉过你，我们做了彻底的检测。它们从里到外都是肉做的。"

"没有大脑吗？"

"不是的，确实有大脑。只是大脑本身也是肉做的！我刚才不是说过了。"

"所以……它们用什么思考？"

"你还没明白，对不对？你拒绝相信我告诉你的话。用于思考的正是大脑，那坨肉。"

"会思考的肉！你是让我相信肉能思考！"

"是的，肉能思考！有意识的肉！会爱、会做梦的肉。一切全都是肉干的！你开始对我的话有概念了吗，还是说我得从头再来一遍？"

"我的天啊。那么你是认真的，它们是肉做的。"

"谢天谢地，你终于明白了。是的。它们的确是肉做的。而且它们已经努力了几乎一百年，想要跟我们接触。"

"我的天啊。那么这些肉心里在想什么？"

"首先，它想跟我们对话。之后我想，它还想探索宇宙，接触其他有知觉的存在，交换想法和信息。就是常见的那一套。"

"我们要跟肉交谈了？"

"正是如此。那正是它们通过无线电发来的信息——类似'你好，那里有人吗？有人在家吗？'这样的话。"

"那么,它们真的会说话。它们使用了词汇、语法和概念?"

"哦,对,而且它们是用肉来做的这些事。"

"你刚跟我说了它们用的是无线电?"

"确实,不过你以为无线电传输的是什么?肉的声音。你知道在你拍打或者敲击肉时,会发出的声音吧?它们将自己的肉互相拍打,发出声音来说话。它们甚至还能通过将空气在自己的肉里加以挤压来唱歌呢。"

"我的天啊。唱歌的肉。这些信息让我超载了。所以,你有什么建议?"

"官方建议还是私人建议?"

"都说说吧。"

"官方建议的话,对于宇宙这一象限中的所有智慧种族或者各种生命体,我们都需要接触、欢迎它们并进行记录。不能带有偏见、恐惧或偏爱。私下来说,我建议我们删掉这些记录,将整件事情忘记。"

"我正等着你这么说呢。"

"似乎很残酷,但凡事总有个极限。我们真的想跟肉建立联系吗?"

"我完全同意。要怎么回复?'你好,肉。你们怎么样？'但这能行吗？我们要对付这种情况的行星有几个？"

"就一个。它们可以用特殊的装肉容器穿梭到其他行星上，但没办法在上面生存。而且作为肉，它们也只能通过C空间穿梭。这让它们被限制在光速以内，也让它们尝试沟通的举动很难获得回应。事实上几近于无。"

"那么，我们只要装作宇宙里没有家园。"

"正是如此。"

"是有点残忍。但你自己说说，谁想看见那一坨坨肉？你带到探测船上检测过的那些呢？你确定它们不会记得这一切吗？"

"就算记得，它们说出来的话也会被当成是疯子的。我们可以进入它们的脑袋里，抹平那些肉。所以对于它们来说，我们只是个梦。"

"肉的一个梦！合适到不可思议，我们就应该是肉的梦。"

"我们将这整个区域都标记为无人状态了。"

"很好。同意，官方和私下里都同意。结案了。还有什么别的吗？在银河系的那边还有什么有意思的存在吗？"

"是的，一个相当害羞、但很可爱的氢核群集智能种族，位于G445区域的一颗九级恒星上。在两个银河旋转期之前，我们就构建了联络，现在他们再次希望跟我们友好往来。"

"他们总是反反复复。"

"为什么不呢？想象一下，如果只是孤身一人，这个宇宙会冷清得多么难以忍受、多么难以形容……"

特里·比森，美国科幻作家，得过雨果奖、星云奖、轨迹奖等各大科幻奖项。其代表作包括《熊发现了火》《它们是肉做的》《山上的火焰》《红色星球之旅》等，他的科幻作品用超凡的手法将科幻与奇幻共融，在寄寓深邃思想的同时，不乏幽默讽刺的笔法。

本篇获得第二十七届星云奖最佳短篇小说奖提名。

名师大语文

名师导读

以整个大宇宙为背景,两个不知面目形体、智慧程度如何的外星人开始了一段无厘头的对话。表面上,他们声称自己应该不带任何偏见、恐惧或个人喜好地接触、欢迎和记录宇宙中任何有意识的种族和智慧生命,然而话里话外,他们采集来的"样本"却被置于一个可悲、可笑的境地——仅仅是外星人眼中的一坨肉而已。

外星人反复确认,尽管这一坨坨肉有大脑,能思考、有意识、有爱有恨、会做梦,但改变不了它们是肉做的事实。显然,他们把"样本"当成了极其低端的生物。所以当"样本"们经过上百年的努力发出无线电信号想要跟这个外星人所在的星球取得联系、交换思想和信息时,这两个外星研究员对此不屑一顾,他们轻描淡写地抹掉了那一坨坨肉关于这件事的记忆。

人类的悲欢并不相通。看来这条箴言适用于宇宙中的任何物种。

小说开头那段对话颇有些恐怖小说的意味,"它们是肉做的"这句话瞬间就激发了读者的好奇心。作者巧妙地采用了两个外星人的视角来讲述故事，让他们感到不可思议的"肉做"的生物则暗指地球人。主题呈现也很有讽刺意味：两个外星人将"样本"的记忆清除，把它们的记忆伪造成一个梦，而且把它们所在的区域标记为无人区。面对宇宙中来自异星的渴望交流的信号，他们的选择是消极等待。

外星人

外星人是人类对地球以外可能存在的生命的统称。古今中外一直有关于外星人的遐想，但至今人类还无法确认是否有外星人存在。虽然很多人声称自己见证过外星人造访地球，甚至有过接触，但是大多数研究者相信，人类与外星人所谓不同程度的接触，其实都是心理作用，人类发现"外星人"的机会很小，即使发现有外星人的存在，也很难与它们发生任何接触。

恒星与行星

在过去几十年的搜寻中，天文学家们并没有发现任何外星人存在的确凿线索。但是从理论上说，宇宙中存在其他智慧生物几乎是必然的。截至2015年，科学界普遍认为"生命只会出现在能发出光和热的恒星周围的行星上,但并非所有恒星都必然带有行星"。"星云说"认为,恒星是从自转着的原始星云收缩形成的。收缩时因角动量守恒定律使转动加快,又因离心力的作用星云逐渐变为扁平状。当中心温度达 700 万摄氏度时出现由氢转变为氦的热核反应,恒星就诞生了,其外围部分的物质在这个过程中会凝聚成一些小的天体——行星。

思维拓展

人类为什么从未停下探索宇宙的脚步?

这篇文章或许告诉了我们答案:如果只是孤身一人,这个宇宙会冷清得多么难以忍受、多么难以形容……但是当新事物来临,我们真的能敞开怀抱吗?文章虽然以外星人的视角进行叙述,但反观我们自身,在社会生活中又何尝不会面临同样的问题呢?小到封闭自我,大到闭关锁国,很多时候,问题的起因可能不在他处,而在自身。

不知道读完这篇文章你会不会有一点点失落?或许你渴望的是两个外星人向地球人发出友善的信号,或许你能够将心比心地理解两个外星人处理问题的方式。也或许这篇文章能让你看到现实生活中的某些影子。但不管怎样,你已经在阅读中打开了自己。

永生

[美] 迈克尔·斯万维克
孙薇 / 译

"打算永生不死吗,铁家伙?"

这话一出口,酒吧里的喧哗声和闲聊声一下子戛然而止,静得出奇。这安静蔓延开去,几乎要触及宇宙尽头,然后一个机械人开口打破了沉默:"我想你是在跟我说话?"

醉汉大笑:"这里还有其他人给自己脸上扎针吗?"

老人全看在眼里。他轻轻碰了碰坐在他身边的年轻姑娘的手说:"瞧。"

机械人小心地将注射器取下，和一瓶液态胶原蛋白一起，放在一方天鹅绒布上，再将自己身上的充电器断开，把插头放在注射器旁。他再次抬头的时候，平静的脸色有些凝重。他看起来像头年轻的狮子。

醉汉轻蔑地咧嘴一笑。

这间酒吧刚好就在当地踏步台的拐角附近。这是个远离喧嚣街道的安静之所，由于全部采用了黄铜制品、镜子和木镶板，让人就好像身处一颗胡桃的内部，舒适隐蔽。房间里的光线缓缓变幻着，忽明忽暗，营造出好似夏日云朵在头顶飘荡时的感觉，但要暗得多。吧台、吧台后面的酒瓶，还有下面的架子都无比真实。如果有什么是虚拟的，肯定设在了高处或远处无法碰触的地方。这里没有一处是智能表面。

"如果这是战书，"机械人说，"我更乐意在外面等你。"

"哦，没有没有。"醉汉说，他的表情让这话显得很假，"我只是看到你在脸上注射那些黏糊糊的东西，多讲究呀，就像一个老太太给自己身体里塞满抗氧化剂。所以我想……"他晃了晃，将一只手放在桌子上稳住自己的身体，"……我想，你是打算永生不死吧。"

少女疑惑地望着老人。他竖起一根手指，放在唇上。

"嗯,你说得对。你有——多大?50岁?刚开始衰老腐朽。很快,你的牙齿就会烂掉脱落,头发也是,脸上会被上百万条皱纹爬满。随着听力和视力下降,你会想不起来自己曾拥有它们的感觉。如果在你死前都没用上尿布,你还算是幸运的。但是我——"他用注射器抽了一点液体,然后轻弹管壁,让气泡浮到顶部——"什么坏了,我就直接换掉。因此,的确,我是打算永生不死。而你,嗯,我想你是打算去死。要不了多久,我想。"

醉汉的脸扭曲着,他发出一串语无伦次的怒吼,扑向机械人。

机械人的动作快到无法看清,他站起身,抓住醉汉,将他打了个转,举过头顶。他一只手锁着男人的咽喉,让他无法出声。另一只手将男人的双腕紧紧按在膝下,这样就算醉汉竭力挣扎也无法摆脱。

"我可以轻易折断你的脊椎,"他冷冷地说,"如果我发挥全力,就可以捏碎你的每个内脏。相比血肉之躯的人类,我在力量上达到了他们的二点八倍,速度上达到了三点五倍。我的反应速度只比光速稍慢,刚刚又做了调整。选择与我较量,你简直找不到更糟的选择了。"

然后,他将醉汉翻了个身,让他重新站在了地上。醉汉大口喘着粗气。

"但由于我内心的仁慈,我愿意友好地问你想不想走了。"机械人将醉汉转了个身,再将他轻轻一推,推向门口。

醉汉跌跌撞撞地跑掉了。

酒吧里没有多少人,不过大家一直都在看。现在他们才想起了自己的饮料,聊天声再次响起,填满了整个房间。酒保将什么东西放回吧台下面,转身离开。

机械人没再继续充电,他将保养套件整理好,收回包里,将手在信用支付机上面扫了一下,站了起来。

他正准备离开,老人转过身对他说:"我听你说想长生不老,这是真话吗?"

"谁不想呢?"机械人敷衍着。

"那么请坐。从你未来无穷无尽的时光中抽上几分钟,迁就一下一个老人吧。有什么急事让你不能浪费这几分钟呢?"

机械人犹豫了。然后,在旁边年轻姑娘的微笑中,他坐了下来。

"谢谢。我叫——"

"我知道你是谁，布兰特先生。我的遗觉①毫无问题。"

布兰特笑了："所以说我喜欢你们这些人呢。不用总得提醒。"他指着坐在自己对面的女孩说，"我的孙女。"她座位上的光线越来越强，将她的红发映衬得闪闪发光。她微笑时的酒窝也很可爱。

"杰克。"年轻人拉过一把椅子，"凯美拉公司的富果领航版，型号为——"

"拜托，是我创建的凯美拉公司，你以为我会认不出自己的某个孩子吗？"

杰克脸红了："你想谈些什么，布兰特先生？"随着人工合成的抗荷尔蒙对他情绪产生了抑制作用，现在他的声音听起来没那么有敌意了。

"永生。我觉得你的志向极为有趣。"

"为什么这么说？我照顾自己、谨慎投资，还买了所有的升级包。我看不出有什么理由我不该永生不死。"他用挑衅的语气说，"我希望这不会冒犯到你。"

"不，不，当然不会。怎么会呢？有些人希望通过自己

---

① 遗觉记忆（Eidetic memory）是一种瞬间记忆的能力，拥有此能力的人可以在不借助记忆术装置的前提下，只看一次就能在短时间内以高精度从记忆中召回图像。

的作品获得永生，还有人是通过自己的子嗣。有什么能比同时实现这两者更让我来得快乐？不过请告诉我——你真的希望永生吗？"

机械人没有说话。

"我记得曾发生在我已故的岳父威廉·波特身上的一件事。他是个好人，老威廉①，谁还记得他呢？只有我了。"老人叹了口气，"他挺迷铁路的，有一天他参观了一个科学博物馆，里面展出着一辆雄伟的老式蒸汽机车。那还是在上个世纪末。他正钦慕地听着导游吹嘘这台古老机器的种种优点，却突然听到她提起这台机器的生产日期，然后醒悟到自己比它还老。"布兰特向前倾身，"这正中了老威廉的笑点，不过也没真的很可笑，对吧？"

"是啊。"

他的孙女静悄悄地坐着，一边专注聆听，一边从碗里一块接一块拿起小椒盐饼干吃着。

"杰克，你多大了？"

"七岁。"

"我83啦。你知道有多少机器跟我一样老吗？83岁还

---

① Bill 是 William 的昵称，此处译作老威廉。

能运行的?"

"前几天我看到了一辆汽车。"他的孙女说,"一辆杜森博格①,红色的。"

"多让人高兴啊。但不再是交通工具了,对吧?我们改用踏步台充当交通工具了。我曾拿过一个奖,奖杯上安装了一根通用自动计算机的真空管,那是第一台真正的计算机,但是无论它有多大的名气、在历史上有怎样的重要性,最终也难免归于废品堆。"

"通用自动计算机,"年轻人说,"无法自主运作。否则的话,也许今天它还存活着。"

"零件磨损了。"

"可以买新的。"

"是啊,只要存在着市场。但是,与你品牌和型号相同的机器人就这么多,很多还从事着危险的工作。总有事故发生,每次事故都会造成消费市场的萎缩。"

"可以购买古董零件,也可以让人再做。"

"是啊,如果你能负担得起。但如果不能呢?"

---

① 20世纪30年代时的豪车,在欧洲和美国都是身份的象征,曾是美国市场上车速最快的车型。

年轻人沉默了。

"孩子,你不会永远活着。我们刚刚才确定了这一点。所以,既然你现在已经承认了早晚有天会死,可能也会承认这其实只会早不会迟。机械人还处于起步阶段。没人能把福特T型车①升级成踏步台。你同意吗?"

杰克垂下头:"是的。"

"你一直都明白。"

"对。"

"所以才对那个酒鬼那么凶。"

"没错。"

"我接下来说的会很残酷,杰克——你很可能活不到83岁。你没有我的优势。"

"什么优势?"

"优秀的基因。我投了个好胎。"

"好基因,"杰克苦涩地说,"你获得了好基因,而我有什么?我到底有什么?"

"用钼代替不锈钢做的关节,用红宝石代替锆做的芯

---

① 1913年,福特公司开始用流水线大量生产T型车。踏步台则应是作者杜撰的新型交通工具。

片。还有17号的塑料基座，代替了——见鬼，我们为你们做得够多了。"

"但这还不够。"

"是的，不够。我们只是尽力而为了。"

"那么，有什么解决方案？"他孙女微笑着开口。

"我会建议从长远着眼，这就是我所能做的。"

"胡扯，"机械人说，"你年轻时是一名延寿主义者。我录入了你的自传。在我看来，你跟我同样渴望永生。"

"噢，是啊。我是延寿运动的发起者之一。你无法想象我们往自己身体里放了多少垃圾！但最终我明白了。问题在于，在每次人类细胞自我补充时，信息都会降级。对于血肉之躯来说，死亡是与生俱来的。似乎像是写在基本程序中的——也许，这是一种宇宙防止老人充斥其中的办法。"

"还有老思想。"他孙女补充道。

"一语中的。我发现，延寿失败了。所以我决定让我的孩子们在我失败的地方爬起。你们会成功的。而且——"

"你失败了。"

"但我并没有停止尝试！"在后半句出口时，老人将手重重地拍在桌子上，"你显然已经考虑过这一点。让我们讨论一下我原本该做的事吧。怎样才能真正缔造不朽之躯？我该给你们的设计团队怎样的指示？我们来设计一个可能永生的机械人！"

这名机械人小心翼翼道："那么，先说比较确定的。他应该能在新的零件和升级可用时，有能力购买这些。应该有端口和连接器，让他能方便地适应技术的变迁。他应该能在极端炎热、寒冷和潮湿的环境中生存。而且——"他冲着自己的脸挥了挥手，"他不该看起来该死的那么漂亮。"

"我觉得你看起来挺好的。"孙女说。

"是的，但我更愿意泯然众人。"

"所以，在我们的假想中，永生者应该是：1.无限可升级；2.适应广泛情况下的环境；3.不引人瞩目。还有什么吗？"

"我觉得她应该很迷人。"他孙女说。

"她？"机械人问。

"为什么不呢？"

"其实这也不是什么坏事。"老人说，"在进化力量中幸存下来的有机体，一定是最能适应环境生态位的那些。人们所处的环境生态位是人造的。幸存者能够拥有的最有用的一条特质，很可能是与他人相处的能力。换句话说，女性最好。"

"噢,"老人的孙女说,"他不喜欢女性。从他的身体语言我看得出来。"

机械人满脸通红。

"别生气。"老人说,"你永远都不该为真相生气。至于你——"他转头冲着他孙女说,"如果你学不会友善待人,我不会再带你去任何地方了。"

她低下头:"抱歉。"

"接受道歉。我们再回到任务上,好吗?在很多方面,我们假设的永生者与血肉之躯的女性非常相似。能自我再生。能生产自己的替换零件。她几乎可以将任何东西作为自己的能量来源。一点碳、一点水……"

"酒精会是极好的能量来源。"孙女说。

"她有能力模仿外表的衰老。"机械人说,"此外,生物会跨越数代逐渐进化。我希望她能在升级中进化。"

"有道理。只是,我会完全取消升级的做法,赋予她完全的意识来控制自己的身体。因此,她能够按照自己的意愿改变和进化。如果她想在文明崩溃中活下来,会需要这种能力的。"

"文明崩溃?你觉得有可能吗?"

"长期来说？当然。当你从长远着眼，这似乎是不可避免的。一切似乎都不可避免。记住，永远是很长的时间段，长到足够真正让一切发生。"

有一会儿大家都沉默了。

然后老人拍了拍手："好吧，我们已经创造了新夏娃。现在，拧上发条，让她启动。她能活——多久？"

"永远。"机械人说。

"永远是很长的时间。我们将之分成小段。在2500年，她会做什么？"

"保住一份工作。"他孙女说，"可能是艺术分子的设计，或者为娱乐幻觉编写脚本。她会深入参与到文化中。她会拥有很多她热切关心的朋友，也许还会有一两个先生或者太太。"

"那些人会变老。"机械人说，"或者零件磨损。总之会死。"

"她会为他们哀悼，然后继续自己的生活。"

"3500年，文明崩溃。"老人饶有兴趣地说，"那时候，她会怎么做？"

"她当然会早有准备。如果环境中有辐射或毒素，她会改造自己的身体系统，使其对这些免疫。她还会让自己对幸存者变得有用,以老妇人的外貌教授医术。她可能会时不时做些暗示。她会在某个地方藏着一个数据库,存着他们遗失的一切。她会慢慢将他们引导回归文明。但这次的方式更温和。用一种不太可能会崩坏的方式。"

"100万年。人类的进化程度超越了我们目前的所有想象。她该怎么应对?"

"她模仿着他们的进化。不——她塑造了他们的进化。她想以一种没有风险的办法登上群星,所以一直促进某种对这件事有强烈渴望的生命体进化。不过,她不是第一批登上群星的人,她要等好几百代人证实后才会采用这种办法。"

一直听到入迷、默不作声的机械人开口了:"假设这永远不会发生呢?如果星际飞行总是困难重重、充满危险呢?那怎么办?"

"人们曾经以为人永不可能飞翔。而只要等待,有那么多看似不可能的都变得简单了。"

"40亿年。太阳的氢耗尽了,核心坍塌,氦聚变开始了,它膨胀成一颗红巨星。地球气化。"

"哦,到那时候她会在别的什么地方。这很简单。"

"50亿年。银河系和仙女座星系相撞,整个邻近空间全都充斥着高能辐射和爆炸的星球。"

"这比较棘手。她要么必须阻止这件事发生,要不然就得搬到几百万光年之外的更友好的星系去。但她会有足够的时间来做准备,并组装工具。我相信她会证明自己能够胜任这项任务。"

"10000亿年。最后的星星寂灭了。只余黑洞。"

"黑洞是极好的能量源。没问题的。"

"1.06个古戈尔年。"

"古戈尔?"

"那是十的100次方——也就是1后面跟着100个0。宇宙热寂。她怎么存活下去?"

"她很早之前就预料到了。"机械人说,"最后一个黑洞消失后,她不得不在没有自由能[①]的情况下运行。也许她可以记录下自己的人格,将其重新写入即将寂灭的宇宙的物理常数。这有可能吗?"

"哦,也许吧。但我真的认为,对于任何人来说,与宇

---

① 自由能指在某一个热力学过程中,系统减少的内能中可以转化为对外做功的部分。

宙同寿的时间已经够长了。"他孙女说,"不能太贪心。"

"或许如此。"老人若有所思道,"或许如此。"然后他转向机械人,"好吧,你已经瞥见未来,看过了第一个永生不朽者的简短传记,最终随着她的死亡而告终。现在告诉我,对于这一成就,知道自己有所贡献,哪怕只是些微的——这还不够吗?"

"不,"杰克说,"不够。"

布兰特做了个鬼脸:"嗯,你还年轻。我这样问你吧:总的来说,截至目前,你的生活过得好吗?"

"没那么好。还不够好。"

老人沉默了许久,然后说:"感谢。我很重视我们的谈话。"随着眼中的兴味淡去,他移开了视线。

杰克犹豫地看着他的孙女,后者微笑着耸了耸肩。"他就是那样。"她抱歉地说,"他老了。热情随着体内的化学平衡起起伏伏。希望你不要介意。"

"我明白。"杰克站起身。他犹豫地走到门口。

在门口那里,他回头望去,那个孙女正将自己的亚麻餐巾撕成小块往嘴里送,然后小口啜饮杯中的美酒,将那些碎片送了下去。

迈克尔·斯万维克，美国科幻作家，同时代中备受赞誉和多产的科幻和奇幻作家之一。他从20世纪80年代就开始了自己的写作生涯，曾屡次获得雨果奖、星云奖、斯特金奖等。代表作有《潮汐站》《时空军团》等。

本篇获2000年星云奖、轨迹奖、雨果奖最佳短篇小说奖提名，阿西莫夫读者选择奖最佳短篇小说奖。

名师大语文

名师导读

面对人造的事物,包括机械人,人类似乎总是一副高高在上的造物主姿态。

人类为最新一代的机械人用钼代替了不锈钢的关节,用红宝石代替了锆做的芯片。机械人自身则希望有能力自主购买新的零件进行更换升级,有端口和连接器能让他们方便地适应技术的变迁,并能在极端炎热、寒冷和潮湿的环境中生存。

机械人为永生而努力着,他们对人类坦诚相见,大谈自己的未来。酒吧里的醉汉则毫不留情地对他冷嘲热讽;而尽管他在外表和体力上远远超越普通的人类,醉汉在他手下不堪一击,但将他发明出来的设计者——一直在旁边冷眼围观的老人一步步击碎了他的"妄想",指出他们不过是人造出来的工具而已。

接下来二者讨论了一个深邃的问题。老人设想出一个永生不死的机械人。他们让她从2500年一直活到所有的星星寂灭、黑洞消失,直到宇宙热寂后的漫长岁月。老人的结论是这个与宇宙同寿的机械人最终还是会死。

纳米机器人

人类之所以会衰老和死亡，是因为细胞逐渐失去了自我修复的功能，功能减退。在劳碌了一天之后，人类通过睡觉来修复身体，可是生活节奏加快，人类休息时间越来越少，身体修复速度远远比不上被破坏的速度。人们发明了纳米机器人，会根据人类细胞的受损情况进行及时的修复。即使在我们工作时，纳米机器人也会待在人类的身体里，哪里有病修哪里，直到你的身体恢复到原来的健康状态。这样，你永远都不会感觉到累，永远可以保持年轻时候的状态，让自己精力充沛，生活的质量会大大提高。2050年，又或者是更远，纳米机器人一定会成为科技的主角，让人类保持更长久的健康。更进一步说，如果人类因此获得了永生，人类社会的规则又将被怎样改写？

思维拓展

文章采用了大段的对话，蕴藏着大量的哲理。尤其是老人对机器人的询问那段话，巧妙地向我们抛出了一个哲学话题：获得永生就是生命的意义吗？答案显然是否定的，即便获得了永生的能力，我们依然要面对生命的意义这个永恒的话题。生命的意义来自个体的满足，来自当下的纵深，而非横向的无限拉长。正如鲁迅先生说的那句话:"有的人活着,他已经死了;有的人死了,可他还活着。"

从故事的结尾我们得知,老人制造机械人的最终目的是要让机械人帮自己继续探索永生的秘密,此前,天知道以老人为代表的人类往自己的身体里填了多少东西以求永生不死?显然,最后机械人关于永生的信念似乎开始动摇了。下一步,人类和机械人将会走向何处呢?

你有没有想过长大之后要做什么?你有没有想过自己100岁时的样子,200岁时的样子?那300岁呢?很多事情都可以大胆地畅想,而唯独当下,是要脚踏实地的。

德谟克利特之琴

〔美〕G.戴维德·诺德利/著
丁将/译

"整体大于部分之和。"安德烈·史蒂文斯博士慷慨激昂地说道,每说一个词都要上下挥动双手,"有些事就是不可言说,你愿意的话也可以把它们理解为精神内涵,这些东西会让心胸狭窄的还原论主义者分析解释它们的努力显得十分可笑。'混沌'之类的词掩盖了一个事实,即这个世界上有些东西不能单纯通过它的所有组成部分去理解,它们来自更伟大的存在,也许真正对它敞开心扉的人才能感受和欣赏它。"

他的话是对课堂上所有人说的,可听上去却像是针对我的。我想躲开他的目光,可我这两米的身高和黑色长直发的女性身体总是难免引人注目。他滔滔不绝的时候我便低头看着自己桌上的论文。

这篇论文只拿了C-,分数就标在K.金这个名字旁。我父母是韩裔美国人,他们给我起了金·杨·金这个名字来解决跨文化性别模糊的问题,反正这名字不管怎么念都是男女皆可。他们怎么就没想到我在小学到高中这可怕的12年中都要被人叫作"酱金"?所以自从我能做主了,我在朋友圈子里就叫作"凯"。

说回我的论文吧。我在论文里胆大包天地解析了巴赫的作品,提到最近的研究表明,人听到协调的声音以及看到对称的图像时大脑会释放内啡肽,并且推测健康的声音是有调性的(这是健康的声带结构决定的),表明说话者患病的可能性比较低,所以也就更有吸引力。

史蒂文斯在评语中指出,我只是研究了一些毫不相关且无关紧要的细节,完全没有用心感受音乐本身。他说,巴赫音乐的优美在于整体,而不在组成音乐的音符小节。

也许我应该在论文中引用一些史蒂文斯著作当中的一些话,但是他的文章无非是用各种后现代概述里的话拼凑而成的，没有任何具体的内容能加以推理、预测或检测。作为纳米技术工程专业的学生，我觉得他的文章非常乏味。

"对于艺术来说，以整体论的角度理解作品的重要性在于，"他挤出一个自鸣得意的微笑，继续说道，"还原主义行不通。人们理解不了的复杂事物需要从另一个层面去欣赏，从超越的、整体论的视角去认知，要蔑视愚蠢的割裂分析。整体不是局部的简单累加！在我这堂音乐课上，那些拒绝接受不可言说性的人是最不受欢迎的！"

学生们发出的抱怨声渐渐变成了大面积的窃笑。史蒂文斯清了清喉咙继续说下去。

我又一次感慨，自己当初怎么没有选修考古学课程？考古学总是令我着迷，因为它是一门将文化和技术融为一体的学科。甚至在文字出现以前，文化和艺术就是以技术来定义的——比如石器时代、青铜时代。虽然这两种"文化"历史悠久，堪比古代学院里下三艺和上四艺①，但我发现史蒂文斯为代表的一些现代人发明了病态地把二者割裂开来的看法。比如，杰弗逊和富兰克林两个人在他们那个

---

① 中世纪学院传授的七门科目，合称七艺，又叫人文七艺。其中下三艺或者前三艺为语法、逻辑、修辞，学完之后继续学习上四艺或者后四艺，即算术、几何、音乐、天文。

时代既是优秀的科学家，也是优秀的作家和哲学家。考古学家会利用各种各样的硬科学方法研究问题，比如树轮年代学、放射性同位素年份测定、光谱学、雷达影像等，这些都是我喜欢的东西。但这也是问题所在，因为这门学科跟硬科学太过相近，我的导师认为我需要拓宽视野。

我亲爱的劳埃德学院方方面面都很威尔士，音乐自然特别能挑动哈莱克的男男女女的灵魂。好吧，除了音乐还有诗歌和政治。要是谁能说起这些滔滔不绝，那肯定是我们劳埃德学院的人。而且，我很喜欢费利克斯·门德尔松，虽然他几个世纪前只有38岁的时候便英年早逝了。

"来听我的音乐会吧，"史蒂文斯继续低沉地说，"我能向你证明，"他假装自嘲地发出一声轻笑，"或者说试着证明这一点。即便不是冲着我的演奏或者勋伯格的作品而来，也要听听我那把斯氏小提琴的声音。四个世纪以来，人们一直在拆解和研究斯特拉迪瓦里小提琴，但是没人能复制出它。没错，人们做不到。没有一种分析方法能做出另一把斯特拉迪瓦里小提琴，如果谁能证明并非如此，那这门课我就会给他A！"

下课铃把我从音乐鉴赏模式中解放出来，我终于又回到了更加理性的量子力学支配的世界。我将书本紧紧抱在怀里，抵御风雪和明尼苏达州的严寒，我走出美术楼，踏在通往乔布斯科学厅的冻土上，冲着离我最近的冰块猛踢一脚，差点没把它踹到明尼阿波利斯去。我对内啡肽和演化行为主义一清二楚，并不意味着我不会受这些东西的影响。

这学期任何一门课我都不能得"C"。我的奖学金已经岌岌可危了。我妈后背疼得已经不能工作了，而我爸——这么说吧，我爸这几年也只适合拖拖箱子了，这种工作不过就是为了避免失业而设置的闲职，兼具理疗效果，让机器人来做的话会完成得又快又好。我妈跟我说，情况不是一向这么糟的。要是他们能给他做开颅手术，把小孩射进他脑袋里的子弹造成的创伤治好就好了。要是他们能把那个拿枪的小孩的脑子治一治就好了！"他们"是谁？我问自己。然后我看着镜子里的自己，选了专业。

也许我能做得更好。C-。我需要个肩膀趴着哭一下。泰德的肩膀。

作为男朋友来说，泰德跟我很合适。他迷人、有礼貌，而且坦诚。我们一起上课，一起闲逛，大家基本上都认为我们两个是一对。我希望如此。他比我高差不多2.5厘米，虽然不是橄榄球运动员，不过他拥有校田径队绣着校名徽章的队服——他铁饼掷得不错。

他让我做负重训练丰胸，还教我掷铁饼。有一回我扔出了60米，他便极力怂恿我加入女子田径队，早知如此我根本就不该扔那么远的。成为人人瞩目的运动员跟我的自我期许不符——我丝毫不愿想起自己并没达成父亲的期望——成为优雅的欧亚混血美女。

我看到泰德坐在纳米实验室外面有坐垫的长椅上，把头埋在书里。

"嗨，泰迪，有空吗？"

"嗯？哦，凯。"他把挡在眉毛前面的一缕墨黑色、有点脏的头发拨开。如今的成年人都是一头短发，以示自己与上一代人的不同，而我们这一代又蓄起了长发，彰显我们与父辈的不同。这傻透了，但所谓的时尚就是这样。

他看了看我的眼睛便什么都知道了。"史蒂文斯又惹你了？"

"他太过分了，泰迪。他嘲笑我和我的观念，而且他根本就不对！要了解事物的原理，必须要用某种神神道道的……"我哼了一段类似《阴阳魔界》主题曲的旋律，"理解方式，这种观念简直不能更荒谬了，能与之媲美的只有靠个人声望和政治力量发表内容空洞的论点，以及没人看出来那位皇帝大人其实一丝不挂！"

"这嘴够毒的，凯。"他咧嘴笑着说。

我扮了个鬼脸。"好吧，不管怎么说，谢谢你听我抱怨。我就是想做点什么。但是你没办法向这些人证明什么，因为他们唯一认可的证据就是自己的感受，你拍拍脑袋也知道这事儿没戏！"

"唔。"

泰德说出"唔"这个字的时候，我立刻兴奋起来。泰德身上还有一点很吸引我，他经常一副万事没问题的样子。我的意思是，我虽然打算靠自己的力量处理好个人事务还有打破玻璃天花板什么的，但是有个后盾总是好的。泰德就是个有力的后盾。每当他说出"唔"的时候，总会有好事情发生。

"泰迪，你在想什么？"

"我们计划尝试用复制仪复制点别的东西，比不锈钢叉子结构更复杂的东西。我觉得下一步要复制有机体了。"

"是吗？"两个学期之前，我也参与了纳米技术复制仪的研究工作，主要从事自低剂量X射线无损扫描片中提取分子结构的软件开发。分子放置器排列成一串，像"康茄舞队①"一样，那时还只有几百万个原子长，而且也不太好用。

"也许我们能安排一出戏，让大家都亲眼看到，不管怎样，甚至连有机体说到底都不过是特定原子排列在特定位置罢了。这么做可以说是往活力论②的棺材上又钉死了一颗钉子。"

"你能复制老鼠吗？"

"能，我觉得可以。不过复制之前我们得先把它冷冻住。这么做会让那些毛茸茸黑手党们③跳出来挑刺的。况且，这又能证明什么呢？"

"要是复制出来的老鼠也保留了原来的记忆呢？"

"唔，凯，你太机智了。我倒是没想到这一点。其实我是在琢磨另一个事儿……"

这时候泰里·马拉斯基诺刚好经过，这姑娘身材娇小，

---

① 一种源于古巴的自由欢快的舞蹈，舞者列成一长列表演。
② 指关于生命本质的一种唯心主义学说。该学说由亚里士多德首创，认为生物体与非生物体的区别就在于生物体内有一种特殊的生命"活力"。
③ 指极端动物保护主义者。

有一双碧色的大眼睛，一头金色长发垂过臀部。

"嘿，你们好。"她扬起一条眉毛看向我，"安德烈博士盯上你了是吧，凯？"

劳埃德学院只有约1300名学生，闲言碎语传得很快。

"小事一桩。我不过就是选课失策了，大不了就拿个C而已。日子还是要过的。"

"小姑娘，你得关注自己的绩点。有时候，你懂的，人得随大流，凯。满足了他们的要求，他们就会满足你。要我说呢，他课后也没那么坏。"

"噢？"泰迪紧张地说。他这么在意干什么？我当然知道他偶尔会跟泰里约会，不过其他男生也都这样。他不可能为这个吃醋，这就好像别人吸了口空气就吃醋一样。

"不算坏。"泰里耸了一下肩膀。

"他马上会收到个小惊喜。"泰德咧嘴笑着说。

我完全不知道这个小惊喜是什么。但泰德那样笑就代表有好事情要发生。

"哦？"泰里故作冷漠地问。

"没错。凯，明晚你来一下实验室好吗？大概十点钟。"

我看着泰里，嘴角向上弯。"没问题，泰德。"

我在实验室与泰德碰面的时候,他已经备好了两份青柠果冻等着我。

"青柠果冻当晚饭?泰德,你真是怪胎。人不错,可就是奇葩。"

他给了我一把勺子。"两个都尝尝。"

我明白他的意思了,然后照办。它们吃起来都是青柠果冻味。

"我们花了十分钟用普通方法做了其中一份。而另一份我们花了十个小时才做出来,还动用了我们的大部分大型光学仪器和全部自制并行处理器。你能判断出来它们的区别吗?"

我又仔细品尝了果冻。这两份都有果香,入口清凉有弹性,咬下去有淡淡的柠檬味。然后糖浆的甜味在口腔中化开,沿着喉部滑下去。该死,他们肯定是用了真的糖。我收紧腹部,仿佛这样会有什么效果一样。

我满怀惊叹地摇摇头:"分不出来。"

泰德咧嘴笑了。"蓝边盘子里装的是复制仪做的果冻。"

"安德烈·史蒂文斯教授一定会说,还是有一些必须通过直观感受的不可言说的区别。"我说道。

"我们让他来试试。"

"什么人能有本事让他参与这种果冻品尝实验？更何况是他明知实验目的的情况下？他是那种典型的伪善怪人，这世界上他最不愿意做的事情就是对自己的信条进行客观验证。泰迪，我们得想办法骗他入局。"

泰德又笑起来。"唔，我们可以趁他在餐厅排队的时候截住他。我认识那儿的工作人员，他可以把果冻端给他，然后我们举着摄像机出现在他面前喊一声'惊喜！'"

"但他得取走果冻才行，还得在我们能抓到他的地方吃，他一般都在教师休息室吃饭，我们还得证明果冻是复制品，我们要是用果冻来做实验，大家就是只会笑笑而已。"

"我懂了。果冻实验是个有趣的问题，但不能达到目的。"

"对。"我这时想到了应该复制什么了。但这得冒险，冒很大的险，而且还不太合法。"要想向他证明这一点，我们必须得切中要害。"我说。

"对，唔。"

泰德的眼神告诉我，我们想到一块儿了。我满怀期待和希望地等着。这最好能是泰德的点子。

"这有点复杂，但是……你知道他那把斯氏琴放在哪里吗?"

真不愧是我的泰德。

于是,在一个没有月亮的夜晚,我们躺在史蒂文斯办公室窗外的雪地里,星光洒在我们身上,我们两个身上穿的"月球殖民地"紧身衣变成了雪一样的白色,这样就能防止热量散失,泰德身上藏着一个黑色的包。它们是高科技智能面料制成的,隔热性能很好,明尼苏达一月的夜晚太冷了,华氏和摄氏温标数字上的差别此时看起来几乎可以忽略①,我穿着靴子冻得发抖。

校园巡逻车轧过雪地发出吱吱的响声,巡完停车场后便驶向烤肉店。我们从雪地里爬起来,把身上的雪拍掉。我欣赏着自己在雪地上用身体画出的雪天使。泰德把自己的手表面朝向办公室窗户,按下了一个按钮。我们两个筛糠似的等待着。

早前,他穿上制服假扮维修工,往窗户的曲柄电机上装了遥控旁路。即便系管理部的工作人员认出了他,她也不会说什么。有些学生在维修部做兼职。所以应该也不是

---

① 此处是在说气温接近零下40摄氏度。

什么大问题。他也会在其他部门替别人代班。

今天系里关门前我已经把窗锁打开了。我给史蒂文斯端了一杯咖啡,并为了成绩向他求情,他收下了咖啡,却没有答应成绩的事。几分钟之后,他起身去洗手间,趁这工夫,我打开了窗闩。但愿他没有发现。

他的确没有发现,窗户顺畅地打开了。

绳梯甩了两次钩上了。我们沿着绳梯迅速往上爬。

"不到三分钟,"泰德用满意的语气说道,"好了,小提琴在哪里?"

计划天衣无缝……

一转眼到了春假的最后一个周六,一场降雪量30厘米的暴风雪刚刚过去。作为如假包换的科学怪胎,我深知为何虽然全球气候变暖,却会出现更强的降雪和偶尔的极寒天气,但我仍然对这种悖谬感到吃惊。不论如何,那天晚上有一场音乐会,史蒂文斯也会登台表演。虽然希望渺茫,但愿他这次会把小提琴落在办公室里。这已经是我们第七次做这种事了。

但是,我并没有以成绩为借口多见他七次,若是这么做了,他肯定会起疑心。幸运的是,我根本没必要再去他办公室。

现在我相信,这段经历写成小说也永远卖不出去,因为没有一个编辑会相信史蒂文斯两个月以来从未检查自己窗户的锁是否锁好了。但这显然是对史蒂文斯本人不够了解,他给自己办公室通风的频率和打开心胸接纳新观念是差不多的,当然这也是不够了解明尼苏达冬天的表现。不管怎样,我们尝试偷琴之前的每一天,我都会去检查遥控装置能不能用,窗户总是能打开。

过去14周对我俩来说简直像水刑①一样折磨人,不过它已经成了我们的日常活动,变成了生活的一部分。没有什么东西比反复失败更能让人脚踏实地——仿佛除第一学期成绩以外,我更需要其他什么东西似的。但也许一再拖延是件好事,这段时间中,他们又把扫描仪做了些改进。

我们当然得到了教职员的支持。劳埃德学院中,研究硬科学的是少数派,只能靠人文三艺吃剩下的残羹冷炙过日子,史蒂文斯的态度在他们中并不讨喜。他的态度尤其不招古斯塔夫·莫拉博士待见,我觉得他的名字跟化学家

---

① 意大利中世纪酷刑,向全身赤裸、被阻断多数感官的受刑者额头缓慢滴水。

的身份特别配①，这也印证了这故事绝不是虚构的小说。不管怎样，他从事的分子设计工作让他拥有大把的复制仪使用时间，多得足以支持泰德的实验——实验的公开目的是证明复制仪可以合成复杂的物品。

但告诉他我们需要多少时间的时候，他大吃一惊问道："你们要复制什么？应该是大东西，我可不希望是谁家的猫。"

"是小提琴。"泰德告诉他。

我看到莫拉博士皱起眉头，然后又咧嘴笑起来。我觉得他刚意识到了我们要复制的是谁的小提琴，以及我们这么做的原因。

"你知道的。"他说："德谟克利特告诉我们，万物皆为原子。2500年前，他就已经想到了现在很多人都不愿意承认的事！除去了神秘感使他的内心十分平静。所以，没错，复制一把所谓的独一无二的小提琴是个合适的玩笑。再合适不过了。"他笑了一下，"没错，是个非常好的玩笑，而且如果你们没出什么大错，我觉得应该不会招来多少报复。

---

① 莫拉博士的姓氏英文为Molar，在化学中意为"1摩尔物质的重量。"

整个学院都知道那个气球该被戳破了。当然，你们会非常小心，而且，我参与这件事情也会被保密对吧？"

我们俩点点头。

这天晚上，在暴风雪的掩护下，我们甚至都不需要躺在雪地里了，一切都很顺利。午夜前我们把小提琴放进扫描仪，凌晨两点时便已经把琴还回到史蒂文斯的办公室了。周日还有一整天的时间，我们俩带进他办公室里的雪应该化掉并干透了。

莫拉博士为我们安排了五月第一个周末的时间用复制仪。那个时间学生们都在考试写论文，不会有很多人用它。我们两个人从周五晚上八点开始轮班工作。

但那天晚上的事情很有爱德华·摩根·福斯特的风格，就像他写的那些故事一样，我们的机器出现了问题。机器发出一声轻微的闷响，并且有个悦耳的合成女声宣布程序终止，错误代码732。

我去看重建管里到底发生了什么状况。里面有一个小提琴半成品，只有琴桥附近尚未完工，半成品包裹在随后会用溶剂除去的透明基质当中。不正常的是基质并不是完全透明的，里面有裂缝。"泰迪，小提琴有点不对劲。"

"啊？"他走过来看复制仪究竟出了什么问题，"732是什么错误？"

"它，"系统回答说："代表在重建过程中加速计探测到了运动。"

"运动？"他问，"糟了，这里面有张力，小提琴并不稳定。"

我意识到出现了什么状况。"是琴弦，我们应该先把琴弦取下来的。"

"对，它们是绷紧的状态。随着渲染平面向上移动，琴弦会逐渐变长，只要复制完成前，沿着琴弦的方向出现一点滑动……小问题就会造成大麻烦……基质根本就不可能固定住它。"

我沉默片刻。成功近在咫尺。可现在我们必须从头再来，也许得做到明年才能完成！我们用了14周才等到有足够时间把斯氏琴偷出来复制的机会。这个学年剩下的时间根本不够14周了。天杀的，我们连14天的时间都没有。我满腔怒火地想着——然后当然什么主意都没有。

"也许我们也能继续复制，完成后再给复制品装上琴弦。"泰德说，但他没有在前面说一句"唔"，所以我知道这样做一定有隐患，我很快就明白问题所在了。

"它动了，泰德，所以程序停止了。小提琴内部存在加速度。或许它只移动了几个纳米的距离，但它最后肯定会断成两截的。"

他马上微笑着皱起眉头。"你是个聪明的姑娘，凯。但这次我真希望你是错的。我真希望能把扫描图抓过来，然后……唔……"

"怎么了，泰德？你想到什么点子了？"

"要是我们引入一个与琴弦平行的虚拟成像平面呢。我想想，这样琴弦就会在琴桥的位置弯折，这样我们就需要考虑八个琴弦段，但我们可以每个平面处理两个琴弦段，这样就是四个平面，也许会有几百万的分子厚……如果我们写个软件工具，把这几百万分子厚的部分除掉……"

他打算就这么做了，进入扫描图，用虚拟现实把图上的琴弦取下来，然后复制剩余的部分。"哇，泰德，复制仪能做到吗？"

"试试吧。"

我们花了半天的时间，用复杂的机器语言去说服复制仪，终于成功了。星期日凌晨两点，我们又开始继续复制断线的小提琴了。但现在我们的时间真的不多了。以正常速度计算，周一中午才能完成，那时候实验室会到处都是学生，保密是不可能的，而这件事情又不得不保密。

"有办法吗？"

"我太累了，凯。"

我一只手搭在他的肩膀上叹气道："我也是。也许明年再说吧。"如果我还有明年的话。

"唔……凯，我们为什么不直接把真相说出来？让大家知道我们在复制一把小提琴。"

"但这会让一切辛苦都付之东流……哦！"

"没人会知道里面的小提琴是什么来头。我们就随便摆一把练习琴在这儿，所有人都会以为它就是扫描样本了。"

我们到哪儿去找这么一把小提琴？"我讨厌这么说，这多少有点打破保密约定，但我们需要找个有小提琴的人，而且能在复制品完成后装上一套琴弦。"

"泰里会拉小提琴。她有一把1789年的菲格琴，虽然不是斯氏琴，但年头也很长了。"

我得求她，是吧？一想到她演奏门德尔松小提琴协奏曲的样子，我就作呕。她就不能对我的男朋友高抬贵手吗？"你找不到其他琴了吗？随便一把小提琴都可以。"

"你可以信任泰里。"

他冲我咧着嘴笑。这混蛋。我抱怨了一声。

"她会帮我们的。我知道她会。"

"你知道她会？泰德，你都跟她说过什么？"

"我没有把一切都告诉她，但我当时要中断跟她的约会……"

我感觉仿佛有一只百米长的大龙虾用钳子夹住了我的胃。泰里最擅长吹枕边风。我装作没事的样子，太棒了。但我觉得自己的眼中已经闪闪有泪光了。

他心软了，一只胳膊把我拥进怀里。"当然了，凯，当然。我现在只想从泰里那儿得到她的小提琴和调弦的本领。她就是一个小提琴计划的棋子，好吗？"

"小提琴计划的棋子。好吧。"我不知为何点了点头。

两个小时以后，泰里看着塑性基质里没有上弦的小提琴大笑。"首先，你这样给小提琴上弦是行不通的。一旦你把那些东西冲掉了，琴桥马上会掉下来，然后音柱的位置恐怕也会变。"

"掉下来？"泰德说。

"音柱？"我插了一句。

泰里带着充满优越感的微笑举起了她的乐器。"你们透过音孔往里看。看到面板和背板中间立着的那个木钉了没？只有音柱待在恰当的位置，小提琴的音色才会正常，而音柱并没有用胶固定。它只是立在那儿，靠琴弦施加在琴桥上的压力固定。要把音柱摆回到原来的位置，你需要用特殊的工具，还得花几个小时的时间调整。琴桥也得以特定的角度装上去。不然小提琴的声音就不一样了。"

"现在它的位置还没变。"我看了看说。

"但琴裹在这玩意儿里面，我没办法上弦。"泰里双臂交叉抱在胸前，扬起眉毛。

"那这样。"泰德说："我只把顶部的基质洗掉。你可以给琴重新上弦，把琴桥调好，我再把剩余的基质都洗掉。"

"你用什么洗掉基质？"泰里问道："水会把琴给毁掉的。"

"不用水。是莫拉博士专门设计的东西，可以把基质分解成二氧化碳、甲烷和别的物质。具体是什么我忘了，但只要把溶剂喷到基质上，它就会变成气体了。"

泰里深吸一口气。"好吧，泰德。为了你，我会试一下。但我不觉得这能骗过他的。"

"只要你别多嘴就没问题。"我暗自想。"这种情况下我们总得试一下。"我说。

"不，我们不必这样。我可以放弃这一切。不，我不行。"

泰里对我笑笑："这得花点时间，凯。"

我想让泰德别再傻兮兮地咧着嘴笑了，然后抄起那把1789年的菲格冲它主人的脑袋砸过去。但小提琴在她手上，我全部的胜算也在她手上。

于是我也冲她微笑。"好吧。我得看书去了。谢谢。再见啦。"外面一片漆黑，谢天谢地，我不希望任何人看到我当时的表情。

周一晚上，我埋头苦读，而泰里和泰德则在解决给复制品上弦等问题。没错，我是个把自己的男朋友拱手让人的可怜虫，不过我周三有一门期末考，周二还要上课。我必须睡觉。激情是一回事，而激情过后的生活则是另一回事。而我激情过后的生活就是成绩。泰迪对我忠诚与否都好，但我必须看书，必须。

那天晚上，我梦到自己为了成绩毫无尊严地去祈乞求安德烈·史蒂文斯。他得到了自己想要的，而当我要求他给我个好成绩时，他对我一顿嘲笑，然后给了我一个F。我正要冲过去打他，但忽然意识到他的笑声是电脑提醒我该起床干活的声音。

我都没有认出镜子里的那个女人就是我自己。三个月以来，我一直精神紧张，在零下的严寒中爬绳梯，经常饿着肚子通宵，我的样子看上去离可怕的30岁并不太远。再来一撮白头发，我看着就有教授的样子了。体重问题？哪来的什么体重问题？

我甚至连吃早饭的时间都没有。我随便穿了件衣服，拿上书本，锁了门就直接向校园走去。然后又返回来。我忘了关灯，电费要50美分。一天浪费50美分就意味着一个月要多花15美元，这可是我生活费很客观的一部分。外面在下雨。我踩着泥地跋涉回来把灯关上，拿了件雨衣，又锁好门，一路小跑去上微积分课。我意识到自己没有时间去看看泰德和复制完成的小提琴了。我心想，这世界上哪个女生会因为50美分的电费而让自己的男友跟另一个女人朝夕相对一整天？

但另一方面，她已经知道了小提琴项目，或许我不该出现在实验室。我应该把迟到作为保持惊喜的战略决策。战略决策个屁，我打开乔布斯会堂大门的时候这样想。你只是忘了关灯。

这周结束时，除音乐鉴赏之外的所有课程我都有把握拿到B了，而且没准微积分还能拿到A。我看到了小提琴复制品，跟泰德一起聊天、计划直到凌晨两点钟。

音乐会举行前几天，我到科学楼去找泰德，告诉他最近发生的事情，碰巧看到泰德正和泰里在物理实验室助理办公室里亲热地说着什么，我说了一声"打扰了"便转身离开。泰德在体协运动会上拿了冠军——他掷了差不多70米，我猜他正在兑现自己的奖品呢。那只大龙虾又抓住了我的肚子。我差不多瘫倒在了办公室外的长椅上。我本来有那么多希望和计划，好吧，我们仍然有这个项目。我们至少可以一起把这个项目完成。

过了一会儿，他们两个走了出来，泰里高兴地挥手再见，留我和泰德两个人独处。他走过来。我抬头看向他的眼睛。他把我拉向自己，用双臂抱住我，我眼眶有点湿，但极力忍住不让自己哭出来。我还不至于堕落至此。

"凯，凯。"他低声说："我真希望自己能分成两个人。"

我不是没想过把他打晕放进复制仪里，真的。这样泰里就可以有一个自己的泰德，而我也能拥有另一个泰德。

"给我点空间。"我的泰德说道："我需要把这事情想清楚。我依然喜欢你。我特别喜欢你。你聪明能干。但我必须得跟自己的生化过程做斗争。"

我只是抬头看着他，做了一件特别蠢的事。"泰德。"我开口说："我爱你，她做不到。"这是我们之间第一次提到这个字眼，这一点都不酷。但是，我又一次感到一丝绝望。泰里根本不值得拥有泰德这样的男朋友，她应该跟真正的运动达人在一起，傻乎乎的那种。

"老天，我多希望你没说这句话，凯。"

"是的，我也一样。但我已经说了，面对现实吧。"

最后一场音乐会在周五晚上举行。史蒂文斯周三、周四晚上会带小提琴回家练习，因此，我们调包的唯一机会就在周二晚上。周二，我考完微积分期末考试准备去上史蒂文斯最后一节折磨人的课，泰德把琴和遥控器给了我。

"你一个人能搞定吗？"他问，"我有别的事情要做。"

我能猜到别的事情是什么。但我现在还没打算放弃。"没问题。"我用充满信心的语气说。"我已经轻车熟路了。"

他微微一笑，看上去有点愧疚。

他用胶带和硬纸盒做了个类似琴箱的东西，没过多久，我就带着偷来的斯氏琴一路小跑着穿过院子。

这并不是一把真正的斯氏琴。又或者，它真的不是吗？谁能分辨得出来呢？它又价值几何呢？我突然预感到，我们这种恶作剧不会被当成毫无恶意的学生恶作剧。人们认为独一无二的东西总是价格不菲。也许我爸妈应该给我起名叫潘多拉。

在明尼苏达州,夏令时是一年中白天最长的一个月,直到很晚天都不会黑。我在一间开着门的练琴房里等着,我觉得他们本该会把我赶走,但没人这么做。房间里除了练琴凳以外,还有一张漂亮舒服的椅子。所以,没错,饱受压力、睡眠不足和各种困难折磨的我屁股一沾到这么舒服的椅子,便彻底睡着了。

我醒来时,已经是黄昏时分。我在暗淡的光线中悄悄溜到窗户下面,在灌木丛的部分掩护下,打开书包。这时候天还有点亮,我觉得还是多等一会儿为好。然后我发现有件事不太对劲,天空比较亮的一边好像方向不太对。

我看了一眼手表。早上4点50分。一个慢跑晨练的人从我身边经过,冲我挥挥手。今天早晨我玩不了无痕飞贼那套把戏了,史蒂文斯的办公室窗户是朝东的。我坐在草坪里,拍打着脑袋大哭。一切都完了。这件事情搞砸了,一切都结束了。

我决心把这个坏消息忘掉,面对现实,我找到了泰德。

"我没调成包。"我说:"我想等安全一些的时候再行动,结果睡着了。"

"哦,哦。"泰德说。他的神情跟我内心一样痛苦。"那你还拿着复制品呢？"

我痛苦地点点头。我非常讨厌自己。我开始思考如何自行了断——现在天气已经不够冷了，不可能直接冻死，不过密西西比河就在几个街区之外，从桥上跳下去足可以让我晕过去，然后平静地溺死。

"唔。"泰德说，"或许这不会有太大影响。如果两把琴一模一样，每个原子都一样，也就没办法证明你手中的那把不是他的琴。你完全可以继续原计划，装作已经调过包了。"

我摇摇头。"他肯定会说我在撒谎。我怎么能证明不是这样？我真该选考古学的，然后我就能去尤卡坦半岛实地考察，寻找某个古老食人族部落的夜壶碎片，然后被携带了艾滋病毒的蚊子活活咬死。"

但即便我是在胡言乱语地发泄，泰德仍然容不下一丝漏洞，他们都说这是工程师的职业病。"我以为，"他说，"尤卡坦半岛并没有食人族，我也没听说过食人族用夜壶的，而且蚊子也不会传染艾滋病，被蚊子咬了得疟疾倒是有可能。"

"这都不是重点！"我说。

泰德笑了，他知道。他只是想努力让气氛轻松一点。

我的大脑停不下来了。面对眼前的大麻烦，我开始想象自己身处中美洲丛林里，跪在夜壶碎片中间，努力辨别这些碎片分别属于哪一只夜壶，年代有多么久远。

一束微光驱散了阴郁的情绪，我看到百万千米外闪烁着一丝摇曳的希望烛火。

"泰德，"我缓缓说道，"先不说别的，你要如何确定夜壶是哪个年代的？"

我看着泰德，忽然，他脸上的微笑变成了咧嘴大笑。

"凯，你得去找莫拉博士，把事情原委跟他讲一下。然后再去跟史蒂文斯的保险公司谈一下。我们需要证人和证明文件。"

原来，史蒂文斯通过伦敦劳合社给自己的小提琴上了保险，真是再巧不过了。而且，他们当然会对证明哪一把小提琴是"真正的"斯氏琴非常有兴趣，有兴趣到距离音乐会只有一周的时间也无所谓。

那天晚上音乐会开始前，我穿上我唯一一条黑色长裙，拿上我那件"上档次"的黑外套，前往离音乐厅只有几步之遥的物理楼。泰德在那里拿着小提琴复制品。他吻了我一下，我们一起向美术中心走去。

我们在门厅处碰到了泰里。她穿着全黑的紧身西装套装和高领衫。

"嗨，"我说，"我打算坐到前排，把复制品递给他试一下。"

她脸上出现了我见过的最奇怪的表情。"他拿着的不早就是复制品了吗？"

"我没有调成包。睡过头了。"

泰里看了我一眼，又看了泰德一眼，像是被困住的老鼠一样寻找一切线索。"哦——"她说。

广播里传来了《我们亲爱的老劳埃德》的头几个音符，我们向自己的座位走去。

如果不考虑演奏者招人讨厌的性格，音乐会还是很美妙的。返场时，史蒂文斯拎着小提琴走上指挥台，演奏了自己编曲的《漫漫长夜》，里面有类似风琴音色的温柔的背景音。满厅观众中几乎没有人不动容，包括我在内，我感觉很糟。那一刻我明白，这是个错误的时间，错误的地点，错误的场合。我必须得等到第二年。我本打算在掌声停止前冲到台上把复制品的事提出来。但我闭上眼，待在原地一动不动。

"我知道你有东西要拿给我，金小姐。"史蒂文斯宣布，在大庭广众之下。大龙虾捏住了我的胃，狠狠夹了一下。突然，我明白泰里那时候奇怪的表情了，史蒂文斯已经知道了，只有一个人可能告诉他。我冲她看了一眼，眼神足以让大象直接汽化。她只是耸耸肩膀。

"金小姐，以及她那些爱恶作剧的解构主义朋友，"史蒂文斯继续说，"计划跟我以及在座的各位开个玩笑。他们用物理楼中一个原子还原主义小工具，做了个据说是和我的斯氏琴一模一样的复制品。各位，你们今晚听到的小提琴音色非常不错，我必须承认，好得出乎意料，不然我早就会说这番话了。所以，我其实非常佩服。不过玩笑到此结束，金小姐，我想拿回自己的小提琴，这一把并不是真正的斯氏琴，而你们将马上听到真正的斯氏琴的妙音。快给我吧。"

我急切地想从整件事中逃离出来。但已经迟了。我从俗气的硬纸板盒中取出复制品，尽全力保持镇静，走上舞台。我对自己说，如果一定要失败，那也要失败得有格调。

"怎样？"他徐徐地说。

"我并没有换掉你的小提琴。"我说，希望自己的声音没有抖得太厉害。"我手上这把才是复制品。"

"荒谬。年轻的姑娘，这件事已经很离谱了。那把小提琴价值超过100万美元，你必须立刻还回来！"

我在观众当中寻找莫拉博士的身影。他是唯一能证实我所言非虚的人，但我找不到他。是分析鉴定出现问题了吗？我手心已经湿了。

我转身面向史蒂文斯。"但，但你弄错了，这不是……"

"我没弄错，这并不是斯氏琴。"他生气地握着指板，将手中的提琴举过头顶，威胁要把它砸到看上去十分结实的指挥台上，砸个粉碎。

突然，我意识到他真的会毁了它，毁了这把真正的斯氏琴。毁了故去已久的大师用古老的木材精心制成的乐器！我猛地把复制品伸向他。"不！不！别砸坏它。你把这个拿走吧。"

他皱着眉低头看我，然后把手里的小提琴放低，但没有放在任何地方，而是递给了我。"看来我最终还是教会了你一些东西的。你不忍心看到一件美丽的乐器被毁掉，即使它并不是真正的斯氏琴。很好。但现在，你们必须听一听两把琴的区别。"他向观众露出微笑，声音、神情中满是自信与胜利的姿态。"你和所有好奇想留下来的人。"

全场没有一个人离开，一个都没有。他转向我。

"你！"他语气凶险地说，然后又微笑起来："现在可以坐下了。"

我从舞台上走下来的时候，观众发出了哄笑。我为什么没有直接跑回家去呢，我说不清楚。我猜是因为自尊心吧。或许只是想死个痛快。不管怎样，我走回座位的时候看到了泰里和泰德。泰里跟着其他人一起哄笑。但泰德一言不发地坐着，脸上挂着熟悉的发出"唔"声时的表情。

史蒂文斯开始给小提琴复制品调弦。他皱了皱眉。然后又调了一会儿。这花了些时间，但最后他看上去心满意足了。

要说复制品演奏的《漫漫长夜》有什么不同的话，应该是更好听了。毫无疑问，史蒂文斯下意识地倾注了更多感情。或者也许只是这次调弦调得更清脆了些。不论如何，他恰好证明了我的观点，但整个大厅当中知道这件事的只有泰德、泰里和我三个人。

"我希望，"史蒂文斯说："真正的好乐器的卓越显而易见，而愚蠢则……"

"史蒂文斯博士。"大厅后方传来一个低沉的声音，上百颗脑袋扭到后面看过去。莫拉教授站在那里，光线从他身后照出来，那姿态仿佛《唐璜》里的石像，我希望他出现在这里的目的跟那石像也是一样的①。我如释重负地松懈下来。"史蒂文斯,打扰一下。"

史蒂文斯轻蔑地看着他:"你想做什么?"

"在你继续讲话之前,我们单独聊两句。"

"荒唐!这是我的音乐会,我想说什么就说什么!"

此刻音乐厅安静得能听到大头针掉在地上的声音。

"那好吧。"莫拉平静地说:"您有没有听说过碳14年代鉴定?"

观众们开始窃窃私语。

"什么?"史蒂文斯说:"我当然听说过。这又有什么关系呢?"

"你手中拿着的小提琴的制成时间不足50年。没准就是昨天才做好的。"

大厅里响起了紧张的咯咯的笑声。

"荒唐!"

"你手上那把琴的年代鉴定是我亲自做的。你所说的真正的斯氏琴,事实上,是个复制品。"

---

① 《唐璜》故事末尾,早先被主角唐璜杀死的贡萨洛的石像出现在他面前进行复仇,将之杀死。

窃笑从大厅后部开始，如波浪一般地蔓延到舞台上。

史蒂文斯看看其中一把琴，又看看另一把，张开嘴又合。他突然把复制品放下，又捡起真正的斯氏琴，久久地拿着不放。最后他把琴放下，从侧面的出口拖着脚步离开了。有人说他离开的时候眼中噙着泪水。笑声渐低，观众都震惊地坐着沉默不语。

我回到舞台上，拿起古时候那位"笑的哲学家"赐予我的新的小提琴，走下舞台。我沿着通道走到一半时，大厅里响起了掌声，当我走到大厅最后时，不得不转身挥手。泰德站着带头鼓掌。泰里已经不见了踪影。啊，多甜多美的澄清！

作为故事的结尾，他们把我们的复制品叫作"德谟克利特之琴"，这把琴现在已经非常有名，最后，它成为学院的财产，陈列在科学楼里。人们仍然为它是不是真正的斯氏琴而争论不休，但是在法律问题没有解决之前，我们被勒令不得再制作复制品了。

原来，莫拉教授之所以迟到，是因为他和院长、系主任一起开了个很长的会。莫拉博士不仅分析鉴定了小提琴的制成年代，还收集整理了一百多名师生的不满意见。安德烈·史蒂文斯不喜欢别人跟自己意见相左，而且似乎会通过成绩评定、推荐等各种方式表达自己的不悦。跟公立大学相比，私立大学还是有些好处的，我们亲爱的老劳埃德学院及时跟史蒂文斯解除了合同，这位颜面扫地的音乐家还能及时与双城农工大学商讨下学期任教的事情。他给校报写了一封言辞尖刻的告别信，信中他没有承认任何事，只说既然他的才华大不如前，已经分辨不出真正的斯氏琴和复制品的区别，那么他再也不会演奏了。

史蒂文斯曾经说过，只要证明他错了就会给我A，这虽然不是什么强制执行的约定，但校方允许我事后退掉他那门音乐鉴赏课，所以我的成绩足够我继续拿奖学金了，当然也多亏了体育系的帮助。为了做点补偿，我需要次年春天加入哈莱克女子队，把一个铝制圆盘尽量掷向远处。这只是一点小小的代价，而我也得到了一些补偿，现在泰德是我一个人的了。

但是，我的心里仍然藏着一个秘密。我的胜利背后仍然有模棱两可的东西，让我担心最终的赢家可能其实是史蒂文斯，但愿这只是我一个人的想法。当他打算砸烂那把真正的斯氏琴的时候，我出手阻止了他。

如果复制品真的跟斯氏琴别无二致，我又为什么那样做呢？

G.戴维德·诺德利，美国科幻作家、物理学家，航天工程顾问、英国星际学会和美国航空航天协会的成员。1969年加入美国空军，前期主要负责雷达拦截控制和战斗管理，之后在航天工程、卫星运营、工程和推进研究管理方面均有涉猎。他以杰拉德·D的名义发表技术性论文，业余则以G.戴维德·诺德利的名字发表科幻小说。他发表过四十余部短篇、四部合集和两部长篇科幻小说，作品主要着眼于人类探索未来和太空定居的愿景。曾获雨果奖及星云奖提名、四次类似体奖。

本篇获得2000年类似体奖最佳短篇小说奖。

名师大语文

名师导读

这篇文章采用了欲扬先抑的表达技巧。作为纳米技术工程专业的一名学生，主人公金·杨·金是个十足的理性主义者。她因为爱好选修了音乐课程，却因为她的一篇论文所论述的观点与教授的观点相左，教授给她打出了 C- 的低分，并因此而讽刺她，这对她而言真是倒霉到家了。然而，更让她沮丧的是，她可能因为这个成绩而得不到奖学金，无法完成自己的学业。同学们也都议论纷纷，给她造成了很大的困扰。就在男友提出帮忙、事情发生转机的时候，又出现了复制失败的事故，让他们的计划被迫延后。通过作者的讲述，我们仿佛看到了主人公垂头丧气的形象。也正是因为前面这么多的铺垫，也才能够让读者跟主人公一样，迫切地希望事情出现转机，从而激发出浓厚的阅读兴趣。

德谟克利特

"如果人活着没有快乐,那么他并不是真正的活着,而是漫长的死亡。"——德谟克利特。

德谟克利特(Democritus,约公元前460~公元前370年)是古希腊伟大的唯物主义哲学家,率先提出原子论。他一生涉猎极广,在哲学、逻辑学、物理、数学、天文、动植物、医学、心理学、伦理学、教育学、修辞学、军事、艺术等方面都有所建树,同时代无人可以望其项背。在第欧根尼·拉尔修的记载中,他还是一个出色的音乐家、画家、雕塑家和诗人。他在古希腊思想史上占有很重要的地位。

德谟克利特认为,宇宙是由原子和虚空共同组成的。原子是构成一切事物的最小单位,具有如下特点:1、内部充实的、不可分和不可入的基本粒子。原子虽然是构成一切具体事物的最小单位,但是原子本身却是不可感知的;2、数量无限,性质相同,相互之间只有形状、次序和位置方面的差别,原子构成事物就如同字母构成单词一样;3、在虚空中做直线运动。由于方向不同而相互碰撞,形成旋涡运动并构成万物,受因果必然性决定;4、不生不灭的本原。万物的产生与毁灭不过是原子的聚散。原子具有能动性。德谟克利特否认原子受其他东西的支配,主张原子本来就在运动的观点,他把运动看作是原子的固有属性。同时,德谟克利特又认为,灵魂也如同万物一样是由原子构成的,从而否定了"心灵"自身的独立性，根本取消了用外在的精神性原因来解释物质运动的可能性，从而在原子与虚空的基础上确立了世界的物质统一性。

3D打印

3D打印技术是利用光固化和纸层叠等技术的最新快速成型装置。3D打印机与普通打印机工作原理基本相同，只是打印材料有些不同。普通打印机的打印材料是墨水和纸张，而3D打印机内装有金属、陶瓷、塑料、砂等实实在在的原材料。通过电脑程序控制可以把"打印材料"一层层叠加起来，最终把计算机上的蓝图变成实物。3D打印机是可以打印出真实物体的一种设备，比如打印一个机器人、玩具车、各种模型，甚至是食物等。该技术在工业设计、建筑、工程、汽车制造、航空航天、医疗、教育、地理信息系统、土木工程等各领域都有所应用。

思维拓展

随着科学技术的进步，我们的生活发生了很多改变，最让人喜忧参半的就是信息技术产品对人类的方方面面的替代，就像阿尔法狗（AlphaGo）打败了世界排名第一的围棋选手柯洁一样。但利用科学技术制造出来的东西真的可以取代人类的一切吗？作者文中向我们抛出了这样的问题："我的心里仍然藏着一个秘密。我的胜利背后仍然有模棱两可的东西……如果复制品真的跟斯氏琴别无二致，我又为什么那样做呢？"或许复制品在品质上可以做到和原件别无二致，那情感上呢？那些经过一代代大师之手沉淀下来的时光与岁月呢？

你有没有想过如果有一天，我们居住的房子、驾驶的汽车、飞机都不需要通过工厂生产制作，而只需要设计图纸就能通过3D打印成真呢？甚至危重病人需要的健康的心脏、模仿中枢神经系统结构的脊髓支架也都能通过3D打印试验成功。2020年5月5日，中国长征五号B运载火箭搭载着"3D打印机"首飞成功。这是中国首次进行太空3D打印实验，也是国际上第一次在太空中开展连续纤维增强复合材料的3D打印实验。

说到这里，你对3D打印技术或其他科学技术的感受如何？带着你的感受或疑问去阅读、去探索吧。

健康就是财富

〔日〕林让治/著
武甜静/译

按父母那代人的说法,我们算是大流行病一代。从我们记事起,世界就一直被病毒引发的传染病导致的疫情侵袭着。

人类已经一次次战胜了疫情。检疫站有完善的技术和制度,可以找出感染者。但是,如果有从未见过的病毒出现,既成的防疫体制就无能为力了。是的,不论怎样的强者,都会惧怕突然袭击。

在长大成人之前,我无法理解的东西之一就是学校。

明明用家用平板电脑或者台式电脑就能学习，爸妈每年却非要我花上几周时间去学校，和同学们在同一间教室里学习。

我原本以为同学是只存在于家中屏幕上的事物，却发现那竟然是和我一样实实在在的人类。是学校让我搞明白这件事。

所以，我觉得学校的功能就是让大家在义务教育阶段结束之前实际感受到画面中的人类与自己一样是确实存在的。

不过，父母和老师却跟我说，这种理解是不正确的。所谓学生，理所当然就是应该去学校上学的，在家上网课只不过是一种不得已的措施。在他们那个时代，每天去上学是理所当然的事情。

他们这么说的时候，我还以为是在开玩笑。因为直到义务教育结束，我去学校的日子加在一起也才不到半年。

对于我们来说，这就是义务教育的常态。但对于父母那代人来说，这不过是一种"应对非常事态的手段"。不过，非常事态持续个20年，也就变成日常了。

完成义务教育的第二天，我升学了。据说半年前学校就决定到时候把大家集合到学校举行毕业典礼的，但原本宣告偃旗息鼓的病毒又发生了变异，大流行病卷土重来，于是连毕业典礼都取消了。

我没怎么去过学校，也不了解其他同学，就这样升学了。但从那时开始，画面中的同学数量变少了。还有，我家的家庭成员也减少了。

原因是一样的。升学需要钱。义务教育阶段还好，一旦升学，花销跟之前就不是一个数量级了。父母希望让我接受良好的教育，但一分价钱一分货，这在任何时代都一样。

过去的精英学校现在就像艺人经纪公司一样。学校花大价钱请来明星教师，把他们的课程向全世界发布。世界级明星教师的佣金上不封顶。学生付出高昂的学费来获得学习机会，学校则以此维持经营。

我的父母为了赚取我的学费，申请了在家无法完成的工资极高的工作，双双离开了家。

高中二年级的夏天，传来了父亲在工作中去世的消息。同年冬天，母亲也在工作中失去了生命。我不知道他们俩到底做着什么样的工作。他们的工作合同中应该有保密条款。

在这个可以用网络连接全世界的年代，父母与我联络的次数，一只手都数得过来。而且还都没有影像，只有文字。

因为父母是在海外工作，所以我没办法参加葬礼。我既付不起旅费，也拿不出从海外运回遗体的费用。

于是，父亲和母亲都被埋葬在了当地，我则通过网络参加了他们的葬礼。他们似乎都得了某种疾病。即使这样他们还在继续工作，最终在一个大型事故中失去了生命。他们俩的葬礼都采取了集体葬礼的形式。

从葬礼现场的企业标志来看，父亲似乎是在矿山，母亲则是在废弃物处理厂工作。但是，我无从得知他们更详细的工作内容。比起进一步了解父母的工作，还有更实际的问题在等着我。

因为父母相继去世，我的学费和生活费就要没着落了。双亲的人身保险在外国和本国都被扣除了各种各样的费用，最后剩下的只有杯水车薪。我询问为什么会有这样的事情发生，才发现在父母的劳动合同上，写在角落里的一行小字认可了这一切。

父母留下的微薄积蓄让我暂时还不用为生活费发愁，但高中是没办法继续上了。如果我不在一定期限内支付学费的话，高中学习的网络账号就会被注销，这样的话就不能继续上网课了。于是，我很快也成了消失的同学们的一员。

不过，比起升学，对我来说更严峻的问题是如何生活下去。

我没有可以依靠的亲戚。父母也许会知道一些亲戚的情况，但是我并不了解。

据说在大流行病时代之前，亲戚们经常会聚在一起。不过到我出生时，那种愚蠢的行为已经被禁止了。所以我们和亲戚没有交往，因而我也就注定没有可以依靠的人。

这样的话，我就只好自己去赚钱了。最初，我还是比较乐观的。因为还在上高中的时候，我虽然都是待在家里，但也有打一些零工。其中收入最好的工作就是阅读手写文件，将其转变为电子文档。

我本来觉得，这样的事情AI也能很容易地做到，但是诸如潦草地写在广告传单背面的备忘之类的文字，要读取其中的内容并进行合理补充，这对AI来说似乎是很困难的。从成本层面来说，高性能的AI可以去做时间单价更高的工作，于是这样的工作就被分配给了人类。

但我很快就被现实教育了。过去我之所以能找到转写备忘录的短工，就是因为我是那所著名精英学校的学生。

退学后，我因为学校的招牌获得了一定的社会信用，如果没有这些的话，我只是一个既没有技能也没有学历的初中毕业的毛头小子罢了。

像我这样的人，能做的短工少得惊人。因为单纯的居家工作，交给AI来做会便宜得多。职业介绍网站介绍来的居家工作，要么报酬非常少，要么所需时间非常长，或者二者兼有。

我计算后发现，即使单价稍微低一些，但如果同时打两份所需时间不那么长的工作，平均下来每天的收入会更多一些。于是我就应征了这类工作。

这类工作没有国境的限制，所以需要依赖匹配软件。只要输入几个条件，就能检索到可供选择的工作。因为要维持生计，所以我将时薪设定得比较高。软件的AI向我推荐了两份符合条件的工作。

客户是同一个，所以虽然工作是两份，但其实是为同一个客户服务，上午和下午工作两次。

工作地点似乎是在地球的另一边。因为商业机密之类的原因，我没有被告知具体的位置。这样的情况也不算稀奇。不过从实时影像来看，跟我这边的昼夜是颠倒的。

工作本身非常简单，就是远程操纵汽车。路径会显示在画面上，我只需要按照指示操作键盘上的箭头。

第一天我只操纵了大约一公里，回到原点就结束了。虽然不能从桌子前离开挺痛苦的，但除此之外这真的是一份相当轻松的工作。从工作内容来说，我获得的时薪很不错。

道路之外的景色都被打了马赛克。不过我好几次看到了像装甲车那样的东西，所以这应该是在某处的战场。不管怎样，我只能看到道路那么宽的影像。

我操纵的汽车，摄像头的位置非常低。我猜这应该是用于货运的机器人车辆。最开始，我以为做的是向战场运送弹药之类的工作。

但我马上就知道自己猜错了。有一次，我在前进过程中突然什么都看不到了。虽然进行了各种各样的操作，但不管我这边做什么，影像还是没有重新亮起。

客户让我在安排好替代车辆之前先待命。几个小时后，替代车辆安排好了，我这才明白刚才发生了什么。

我从之前的基地出发，前进的过程中，发现就在刚才画面消失的地方，有个购物车大小的烧毁的车辆残骸。这应该就是我几小时前操纵的车辆。

于是我终于明白了自己这份短工的意义。我操纵的车辆，是要在大部队通过之前，确认道路上是否有被安装炸弹。

因为是消耗品，所以这种部队所经道路的安全确认车辆，就没有搭载高性能、价格高昂的AI，而是让薪水低廉的人类进行远程操控。

不过，冷静想想这也不是什么值得吃惊的事。过去人们担心AI有一天会夺走人类的工作，但这种想法还是过于简单，现实要复杂得多。不，或许更简单？

价格高昂的高性能AI，被用于时间单价可以与之匹配的、高难度的、复杂的数据处理工作。另一方面，性能没那么高的AI的时间单价很难降到一定水平之下。从结果上来说，时间单价低的工作，就会被交给时薪低的人类。也就是说，这是从经济角度考虑后合理分配的结果。

考虑到这一点，虽然有直面爆破现场的压力，但操控机器人车辆为部队排查炸弹的工作，只要习惯了，还是份收入不错的美差。不过我把事情想简单了。

有一次，一个少女突然跑了出来。虽然机器人车辆就像是个柔软的长毛玩具，但如果真的撞上还是会受伤的。因为车上没有装备警笛，所以我紧急刹车让车辆停了下来。

但是，少女却朝着我这边跑了过来。我不明白她要做什么。她能有什么事要找这台机器人车呢？

我正这样想着，少女突然爆炸了。这就是所谓的自杀式袭击。我知道有这样的攻击方式，但从未想过能亲眼看到，而且还是作为当事人亲身经历。

军用车的传感器与普通的不同。即使在爆炸的强风中，也可以用红外线确认对象物体。于是，我通过立体影像目击了少女被炮弹炸成碎片的全部过程。

我终于明白，为什么这份工作虽然薪水不错，但却很少有人能一直干下去。这次事件之后，以不能把工作内容向第三方泄露为条件，在劳动报酬之外，少得可怜的抚慰金打进了我的账户。但我还是辞掉了那份工作。

这时，迟钝如我也发现，不管传染病的情况如何，居家工作总是有限制的。我要到外面去，在附近找一份工作。因为附近既没有自杀式袭击也没有战争。

虽然这么说，工作本身还要通过网络来找。我不知道还有什么别的方法能够找到工作。之前我没有尝试寻找过附近的工作，这下发现外面的工作机会居然很多。

需要专业技能的工作自不必说，像我这种高中退学的人，也有很多工作可以做。这是因为，很多工作与其让机器人去做，交给时薪低廉的人类更加划算。不过，这类工作的薪水都低得吓人。

我再一次思考，我的优势到底是什么？我既没有学历也没有专业知识，还缺乏工作经验。唯一的优势，就是还比较健康吧。

我从出生到现在，连感冒都没有得过。虽然长久以来过着足不出户的生活，却也不算肥胖。越是穷人越得健康，不然是会致命的。

这是我从双亲的死亡之中学到的。他们俩明明生了病却还继续工作，那是因为生病的事如果被雇主知道了，他们就有失去工作的危险。

这不是臆测。在流行病横行的当下，医疗费用以惊人的速度日渐高涨。国民健康保险已经不再像从前一样平易近人。每年只限三次，国家会报销医疗费。从第四次开始，全部的费用都需要自己负担。

穷人要生存下去，要么就保持健康一直不去看病，或者每年看病的次数少于三回。大流行病之后，不论哪家公司都会特别留意员工的健康。这与职场中对病人的排斥形成了一体两面。

对只有健康这个长处的我来说，有哪些可以选择的、收入还不错的工作呢？智能手机中的职业中介，对我提了几个问题之后,给出了两个候补选项。

第一个我有印象,因为那是我父母工作过的地方。那是有关回收再利用的某种工作。因为有保密协议的限制,所以具体情况连作为儿子的我都不知道。葬礼的时候,公司也没有进行任何说明。

仔细想想,双亲决定去外面工作,不也是因为身体健康、收入不错吗?但是,他们却因为工作现场的事故而去世了。那我就不能选择这里。

剩下的选项只有一个。这是一份和医疗辅助相关的工作,工资比标准水平略多一点,基本都可以居家完成。不过,客户要求每周必须去一次他们指定的医院,接受一些医疗处理。

"是新药的临床试验啊……"

在大流行病已不罕见的当下,每周都会有所谓划时代的新药发布出来。大型制药公司的"对特定病毒有效"的谨慎说辞已经算是很有良心了。

创业公司想要一举成功而参与到新药开发的行列中来,这如今也不是什么稀奇的事情。事实上,确实有些企业开发的药物普及到全世界,一夜之间成为业内翘楚。

不过,成功的创业公司屈指可数,成功的公司背后,无数失败的创业公司的尸骨横陈如山。

有些新开发的激活免疫力的治疗药物，会引发自身免疫系统的疾病。号称能提高细胞的恢复能力，结果却诱发了癌症的例子比比皆是。也有一些为了避免使用他人专利而另辟捷径、异想天开的点子被用来开发新的治疗药物，这种方式制造出来的药物，有的可以说是毒药。

因为上述种种情况，新药临床试验的审批现在很难办下来。但是，我听说也有一些创业企业无视限制进行临床试验，成功之后就试图当作既成事实来赢得认可。

虽然我充分明白这绝不是什么好事，但我还是申请了那份工作。理由有两个：我的经济状况已经不允许我再挑三拣四了；另一个理由是，这家招人的公司是一家IT初创企业。

我觉得，对生化科技一无所知的IT初创企业，应该开发不出什么有严重副作用的药物。

面试地点是在一家乘有轨电车一小时左右可达的诊所。我查了一下，这好像是被那家IT初创企业收购的医院。有轨电车的班次比以前更少了。因为需要间隔就座，每班车只能搭载一定数量的乘客。其结果就是经营状况恶化，有轨电车的班次变少了。这导致居家办公的人数增加，有轨电车的乘客进一步减少，陷入了恶性循环。

不过即使这样，有轨电车的乘客还是保持在一定数量。这只要看看车厢内的情况就知道了。

乘客中有九成都背着保温箱，基本都是要把餐食配送到各个家庭的外卖员。居家也能获得低收入的幸运儿们如果在网上点了外卖，下单的指令就会分配给外卖员，由他们送到各家各户。

下单和指令发布都是用智能手机进行的，整体的调度则是由AI负责。所以，他们能够在车站步行十分钟之内的范围，完成对公寓和住宅小区的配送。

以前，日本的外卖大多是用自行车进行配送的。现在也有一些外卖员还在用这样的方式配送。不过，经过几次大流行病之后，体力上能够承受用自行车配送的人大幅减少了。

这是因为，很多传染病即使没有置人于死地，严重的感染也会留下后遗症。

能够躲在家里的富裕人群，罹患这类传染病的概率很低，得病的大多是这种从事配送业务的人。因为他们不仅要接触外部环境，要与各种人群进行接触，而且他们工作辛苦，薪水却很低，睡眠不足和营养不良导致他们的免疫力很差。

所以现在的外卖员大多会乘坐有轨电车,有轨电车也因为他们而维持着运营。有人预测,如果有轨电车停运,将会导致数以万计的人饿死。

这一路我因为没背保温箱而承受着大家好奇的打量,好不容易抵达了诊所。这里看不见一个人影。透明的强化塑料做成的门里面的走廊的灯是关着的。

不过,多亏了我智能手机上的个人认证,随着门禁接触的声音,诊所的门自动打开,又自动关上了。走廊里亮起了灯。

脚边亮起的箭头,指示我应该往哪里走。我在走廊里行进的过程中,前方的灯不断亮起,后面的则依次熄灭了。

"失礼了。"

我按箭头的指示进入房间,发现这果然是一间诊室。这里有问诊用的桌子和椅子,在隔断的对面还有一个挺宽阔的空间,放着一张床。墙壁上挂着各种器械,不知道是不是还能做简单的手术。

"您好,请坐。"

医生让我坐在凳子上。医生和护士都戴着像是击剑护具一样的塑料面罩,表面投影着使用者的脸。这是医疗从业者专用的防护面罩。

这样做的目的是在保证医疗从业者安全的同时，又能让别人看到他们的表情，不过投影的脸未必就是面具使用者本人的脸。人们常常会因为得到著名医生的诊治而欢呼雀跃，感到幸运，所以在全国各地经常会有十几二十个人使用同一张脸对患者进行治疗。

不过，这里的医生、护士都是些陌生的面孔，所以面具上的脸应该就是他们本人吧。

抽血、照X光片等检查持续了一个小时，我还做了类似上下楼梯的动作。然后，医生在我的诊断结果打上了A+。

"哎呀，真是了不起。只要您愿意，今天就可以开始工作。当然，今天的薪水也可以马上支付给您。"

半天就赚到一天的薪水，我怎么可能拒绝。

"按之前的说明，我每天只要像平常一样生活就可以了，对吗？"

对于我的问题，医生和护士都高兴地点头。嗯，那也只不过是投射出来的影像罢了。

"您在这里做完简单的手术后，需要在这里生活几天，那之后如果没有什么异常，就可以回到家里了。在家时只要不做极端费神的工作，做点副业也没关系。"

"还能做副业啊！"

这真是非常有吸引力的条件。这份工作的薪水还挺不错的。如果还能做副业，那我的总体收入就相当可观了。如果顺利的话，说不定我还能重返高中，修完课程毕业呢。

但是到这里，我本能地警觉起来。会有这种好事吗？说起来那个简单的手术到底是指什么？会不会趁我睡着的时候偷走我一侧的肺或者肝脏呢？

"不是器官移植之类的。"

估计被问过很多次，医生抢先回答道。"只是在脑中植入一个有机芯片而已，不会有后遗症。"

医生的面具上出现了文字和影像。

"这种芯片是和神经元亲和性高的有机芯片。"

"所以呢？"

"现在世界上因为传染病以及各种其他疾病，导致呼吸和消化系统、新陈代谢等维持体内平衡的相关机能存在问题的人数以亿计。为了让这类人士能维持体内平衡，就需要弥补他们受损的大脑神经系统的机能。"

"刚才你们说我的身体非常健康……"

医生示意让我听到最后。于是面具上的图像再次改变，出现了一张模式化的世界地图,显示的似乎是某种世界规模的网络。

"我们不仅在这家诊所进行实验,还和世界各地的医科大学、医院有合作关系。公司的IT技术在医疗领域的应用,是我们重要的收益来源。

光是与我们有关系的医院,需要配备医疗监控和生命维持装置的患者,在全世界的数量就以百万计。这样的医疗数据不仅在医院内部,还可以在我们的研究机构间共享。当然,患者住院时,我们就已经取得了他们的同意。"

"同意?是合同角落里用小字写的那行内容吗?"我想起双亲因为事故过世时的事。

医生坦然回答:"要赢得官司,一行就足够了。那么,估计你已经猜到了,这个网络中有维持体内平衡的脑神经系统的数据。患者的大脑中会植入有机芯片,与通往中脑、小脑的神经相连。这种芯片也会植入你的大脑之中。如果患者感到呼吸困难,这个神经信息就不会送往患者机能不全的中脑、小脑,而是会送往你的中脑、小脑。你所拥有的功能正常的脑神经系统,就会对那些神经信息做出正确的反应。这一切将通过有机芯片和网络回传到患者的有机芯片中。于是,患者就可以正常地进行呼吸了。"

"那个，那样的话我会无法呼吸吧。"

"不会。患者的脑神经系统并不是全部都被破坏了，他们把身体的管控权交给他人的脑神经，这个数据量还是会控制在比较安全的范围内。"

"我一个人要负责两个人的呼吸对吧？"

"并不是由你一个人来负责。一天有86400秒，即使一个人只借出一秒维持体内平衡的脑神经系统，那找来86400个人也就够了。这正是这项服务需要通过网络来提供的原因。我们公司管理的从事大脑机能共享服务的团队，人数是这个的三倍，有259200人。"

"将近26万人，来服务三个人吗？"

"我们现在还处在提高系统完成度的阶段，所以要优先考虑安全性。现在只共享一秒钟的脑神经系统机能，如果可以延长到10秒、20秒，那就可以分给100人、200人，就能够拯救更多人的生命了。"

我想，到底应该怎么定义患者们的身体呢？

现在，世界各地像我这样植入了有机芯片的人将近26万。

一个人一天只提供一秒钟，来弥补患者机能低下的脑神经系统。但那些有机芯片却被网络连接着，收集、分析着掌控人体内部平衡的大脑机能的数据。这个公司想要的就是这些数据。

如果把生存所需最小限度的封闭肉体称作身体，现在与八万多人相连的各个患者，就是与背后的八万人合成了一个人的身体。换个说法的话，就是用86400个人的身体，让86401个人活着。

手术在我睡着的过程中结束了。醒来后，我的脖子后面稍微有点不舒服，但不适感也就仅此而已。接下来，他们给了我一台智能手机。据说这台手机与芯片相连，时刻连接在网络上。

术后也没有什么问题，三天后我就回家了。我每天只要拿出一秒钟的时间代替别人的呼吸中枢就可以有收入，没有比这更好的事了。

把呼吸借给别人是在睡眠中完成的，所以我在日常生活中并不会感到有什么不适。

这家IT初创公司开启的业务，很顺利地不断扩大规模。

据说传染病与贫富差距无关，谁都有可能得上。这大约是事实，但得病之后的生活可就完全不一样了。

有钱人至少还能使用像我提供的这种维持生命机能的

共享服务。即使世界上富裕阶层的占比还不到1%，考虑到全世界人口的话，其人数也会有数千万。他们会竞相使用这个服务。

不久之后，我就不只提供呼吸机能，也共享了心脏跳动的调节机能。因为随着有机芯片的技术进步，呼吸之外的代谢控制机能的替代也成了可能。

结果，我辞掉了所有居家办公的副业。因为即使不做那些工作，我在家里也能有收入。

后来，那家IT公司问我要不要扩大业务范围。他们说，因为通过网络提供共享代谢机能服务的需求快速增加，所以他们想看看我能不能增加共享时间和服务对象。

简单地说，就是看我愿不愿意提供两倍于现在的时间、服务两倍于现在的人数。当然，合同也会重新拟定。我当然没有犹豫。因为收入是和人数成正比的，两个人变成四个人，收入也会是四倍。

现在，我的收入只要再增加一点，我就可以通过居家学习的方式回到之前退学的高中。不仅如此，说不定我甚至能去上大学。我毫不犹豫地签下了合同。

我搬到了新家中。这是那家IT公司经营的公寓。这里有常驻医生，可以随时监控我的生命体征，让我随时保持健康状态。

我不知道的是，现在这个时代，像我这样健康的人非常少。所以富裕阶层的人争相购买我的代谢机能时间。我的收入与服务的人数成正比，他们花费的金钱则与我提供的代谢机能共享时间成正比。

我与世界各地的六位富裕阶层人士签了合同，他们平均每人购买了我三个小时的代谢机能。一天中四分之三的时间里，我都把自己的代谢机能交给了别人使用。在此期间，我除了躺在床上之外什么都不能做。

我本以为，共享了一天四分之三的时间，那剩下的六个小时我应该可以自由使用。但并不是这样。一分钟的时间里，有15秒是我自己的时间，剩下的45秒，是与我签订了共享合同的那六个人的时间。

我的客户与数个像我这样的人签约，就能一整天都自由自在地生活了。

因为收入变多，我人生中第一次可以存钱了。我投资了IT企业推荐的股票，资产也增值了。

但是，这些钱都花在了这间公寓的租金、外卖的食物等各种各样的支出上。最重要的是，我几乎只能在床上度过每一天了。一分钟里只有15秒的时间是自由的，除了躺在床上之外，我还能做什么呢？

结果，复学当然是不可能的，我只能浑浑噩噩地看看电视度日。IT公司的代谢机能共享服务似乎发展得非常好，现在在电视上也能看到广告了。

广告里，我们的客户们通过外包代谢机能回到了正常的生活。他们充满自信和喜悦地说着这样的台词：

"健康就是财富！"

林让治，日本科幻作家俱乐部第19届会长，科幻作家。曾任临床检查技师。2000年后陆续出版作品《衔尾蛇的波动》《弦匠的沉默》，以及《AADD》系列和《小行星2162DS之谜》；新作《星系出云之兵站》系列获得第41届日本SF大赏与第52届星云奖。

名师大语文

名师导读

  这篇文章最大的表达特点就是讽刺，尤其是最后的一句话——广告里，我们的客户们通过外包代谢机能回到了正常的生活。他们充满自信和喜悦地说着这样的台词："健康就是财富！"
  客户们获得的并不是自己身体获得的真正健康，而是通过外包代谢机而获得的数码健康，但他们不在乎，因为他们的代谢被更健康的代谢替代了，他们的寿命被延长了，也因此他们能创造更多的财富。而像主人公这样的健康人，为了获得财富，不得不做起了代谢机能的生意，他原本还想靠这个挣来的钱去读大学，改变自己的命运，却发现自己已经把生命拆分给了别人，当别人一整天自由自在生活的时候，他却只能躺在床上，什么都做不了，多么讽刺呀。更加讽刺的是，真正健康的人非常穷困，而拥有财富的人却靠别人的代谢机能来获取健康。而大家都活在广告营造的"健康就是财富"的梦境中，各自满足着。

脑细胞

所有的人体细胞都会发生新陈代谢的活动。脑细胞也不例外。人体大脑的活动瞬息万变，脑细胞也在时刻新陈代谢着。

脑细胞是构成脑的多种细胞的通称。脑细胞主要包括神经元和神经胶质细胞。神经元是大脑基本的信号处理单位，负责处理和储存与脑功能相关的信息。主要功能是接收信息并将其传输给其他细胞。神经元是特异化且具有放电功能的一种细胞类型，神经元之间由神经突触相互连接。神经信号在神经元内是通过动作电位的方式进行电传导的，而在神经元之间则是通过传递化学递质在突触间进行传导。神经胶质细胞起到支持作用，主要功能包括形成神经元轴突外的髓鞘、神经元养分供应和新陈代谢，参与脑中的信号传导等。

一旦脑细胞的新陈代谢功能发生异常或脑神经受损，人体就无法正常工作了，人体的其他各项机能就会被影响，导致发生各种状况。

人体代谢网络

代谢网络可以分不同层次来讨论：基因组（DNA层次）、代谢途径及生化反应网络（蛋白质层次）、代谢流（物流层次）、代谢生理（微生物细胞层次）等。对蛋白质层次的代谢网络来说，一个代谢物分子就是一个节点，而节点之间的连接则是生化反应。大部分的分子只参加一种或两种反应，但少数分子参与许多反应，它们实际上就是代谢流的集散中心或通用代谢物。

思维拓展

　　主人公的财富增加靠的是出卖自己的健康，而且，他在失掉健康的同时，也失掉了自由。相信夜深人静，他会扪心自问：健康真的是财富吗？什么样的财富是真正有价值的财富呢？而另一方面，那些拥有财富的人却失去了最宝贵的、真正的健康。

　　如果健康可以置换，你愿意用自己的健康去换取别的东西吗？先不要着急回答这个问题，不妨走进故事当中，去看看主人公的生活，如果让你帮他重新做出选择，你又会怎样做呢？

神之进化

[韩] 金宝英/著
袁枫/译

　　七年,夏四月,王如孤岸渊,观鱼,钓得赤翅白鱼。

　　二十五年,冬十月,扶余①使来,献三角鹿、长尾兔。

　　五十三年,春正月,扶余使来,献虎,长丈二,毛色甚明而无尾。

　　五十五年,秋九月,王猎质山阳,获紫獐。

---

① 扶余:古国名,位于中国东北地区松花江平原。晋太康年间为鲜卑族慕容氏所破,后复受他族频频袭扰,至南朝宋、齐间消亡。现为扶余市。

冬十月，东海谷守献朱豹，尾长九尺。

——出自《三国史记①·高句丽本纪》中的"太祖王"②年表。

旱灾肆虐于高句丽，久久不去，植物的叶片均发生萎缩，变成纤细尖锐的针状，茎部则不断膨胀，尽可能多地保存水分。马的皮下脂肪积聚，在背部形成肉峰；松鼠放弃森林，开始在凉爽的地下筑巢。狗因为无法忍受酷热，成团地脱毛。农人不再种植水稻，转而种植土豆和玉米，于是秋天的田野也不再金黄，变作一派枯绿。

我始终忧心忡忡，唯恐旱灾肆虐之时，血雨腥风也会接踵而至。国王只会推脱责任：怪大臣贪赃枉法，怨御巫懒散懈弛，嫌军士玩忽职守。当内廷的鲜血流出宫门，浸透庭院，五花八门的凶险流言开始不绝于耳。据说，国王就寝时，以人为枕，就座时，则以人为凳……人枕人凳若

---

① 《三国史记》：记述古朝鲜半岛三国新罗、百济以及高句丽的官方正史。
② 太祖王：高句丽第六位国君，据称活到了118岁，53年至146年在位。他在位期间，为年轻的高句丽拓展疆土，将之发展成为高度中央集权的国家。

敢动弹分毫,国王就会挥剑将其斩杀。

众人尊之为"次大王[①]",意即"太祖王之后的王"。太祖王老朽卧病后,他曾长期代持国政,对于坊间非议,他口称"王兄老迈,弟继其位,乃是法理"以对。太祖王无力粉碎其夺位企图,为免更多人流血牺牲,便行明智之举,主动退位,离宫隐居,了其余生。

次大王登基后,我便闭门不出。只有夜深时分,才避开他人耳目,如蝙蝠般出屋游荡,平明时分前便回转宫中。我的皮肤变成靛蓝,与夜色相合,双眸不知何时也开始闪烁黄光。御医劝我不必为此烦忧,据他讲,这只是视网膜变形所致,眼球后新生了一层反射光线的薄膜,对于素习夜行之人实属正常。他还向我解释,我的瞳仁之所以会变大,夜里像猫类一样扩张,也只是为了控制射入视网膜的光量。我担心这种特征有朝一日会遗传给子女,他劝慰我说,"用进废退[②]"法则只适用于本人,没有证据证明后天

---

① 次大王:高句丽第七位国君,146年至165年在位,76岁时受其兄太祖王推让继位,在位19年后,被明临答夫发动政变弑杀。
② 用进废退:法国生物学家拉马克提出的观点,意思是生物体的器官经常使用就会变得发达,不经常使用就会逐渐退化。

发展出的特征会遗传给子孙后代。

某天深夜，炽热难耐，我从房里溜出来，直奔祭坛。御巫们烧火祭天、祈求降雨的仪式已行数周之久，此时仍在继续。其中一名御巫与我相识，且交情甚厚，他发现我躲在暗处，便过来向我问安。我们年辈相仿，自幼要好；如今，在所有御巫当中，只剩他还没有驼背（他们身为王室的臣民，长期向国王躬身施礼，如今都成了罗锅，面庞则始终朝向地面）。

"缘何夤夜驾临此地，太子殿下？"

我之所以避人耳目，正是担心遇到此种情况：虽然太子之位早已让与堂弟，但许多人因循旧习，仍称我为太子。每当有人不慎失言，我就感觉自己折寿几载。

"好奇祈雨之事进展如何，故来略作探望。"

御巫环视四周，压低声音说："民心枯干至此，天又如何不旱？当此生民悲苦之时，上天原当以至仁相待，惜乎自然之法并非如此。"

"记得先考从前常能祈下甘霖。"

"殿下钧鉴，求雨需有气压之变化。神秘的气韵上浮升天，空中的水蒸气便会凝结而下。抑或两股气韵在空中相撞，彼此搏杀，也能产生降雨。又或者巨大的生物挡住风的去路，令流风上浮，同样能产生降雨。所谓雨者，即是如此这般，当大气发生剧烈移动时，便会降临的物事。"

"可是譬如巨人族走动之时？"

"不错。巨人族身躯巨大，进食众多，因而领土广阔，人数却所剩无几。先帝在世之时，曾与寓居太白山的巨人盘古交谊甚笃，常借力求雨。然盘古早已没了声息。臣听闻，此君身躯已被木石掩盖，与下方基岩融为一体。据传其他巨人也尽都逝去，难觅踪迹。"

学士声称，若想分析生物分化的法则，须得召集当世所有系统分类学家和种系发生学家，穷尽一代人的努力共同钻研。他们又说，即便弄清法则也毫无意义，因为不消一代时间，物种体系又会发生天翻地覆的变化。许多生物学家干脆宣称"物种分化毫无法则可循"，此后便盖被高卧，不问世事。然而某种趋势确实存在。先史时代的巨人大多选择了停止包括呼吸和动作在内的一切生命活动，转而化身为山峦、河流和湖泊。曾经生活在天池中的巨蜥也放弃威容，缩小成人类手指般大小。

"巨人族可有复生征兆？"

"进化的方向是自然天定，鲁钝如臣，又如何能够分辨？然而，体型过大的兽类应当不会再轻易出现了。这些时日，不止人类，就连小型兽类都开始捕食巨兽。蜥蜴变小的原因也正在于此，维系个体的庞大身躯困难重重，远不如化为灵活的小生物、集体行动来得有效率。"

"可有其他祈雨之法？"

"如今，除了祈祷别无他法。依赖人的念望成事虽无科学依据，但并非毫无效力。"

我转身要走，他又补了一句："臣夜观天象，见晦日食月。此非吉兆，殿下当多留神，免遭厄运……"

我目送他回到原位，思忖起他的警告是何含义。真是奇诡之言：晦日本无月，又何来月食？再说月食并非太阳遮月，而是地球遮月。若是太阳遮住月亮，夜晚岂不会如白昼般明亮？不，并非如此。我仰望夜空，陷入深思：即便是晦日夜晚，月亮仍然悬于空中，只是隐于暗处，我们看不到而已。月亮明明已经看不到，太阳又何必费心将其吞食？这与其说是虚妄，倒毋宁说是残忍。太阳乃万世之祖，正如国王乃万民之父；那残忍的太阳想必是指残暴的君王，而无形的月亮，指的怕就是我这个逊位的王子了……

我长叹一声。我根本无力提防，也无意提防。早在父亲尚在位时，叔父已经大权在握。要饭花子尚有栖身之处，天下虽大，我却无处可依。

我爬过漆黑的夜，回到自己的房间。我鲜少用双脚直立行走，更多的时候是在树间攀缘，或是在地上爬行。这是习惯而成的自然，因为我向来避人耳目，只要听到脚步声，就会猫下腰，以免被人发现。不知何时，我的手掌上都结出硬茧，就跟人们脚上的一样。

从古至今，个体发生始终重复着种系发生的过程。我们体内的细胞每时每刻都在新生和死亡，血管中的血液不间断地被创造又消失；老细胞死去，新细胞便会出现，填补前者留下的位置。最终，构成我们原始身体的细胞会被完全取代。这意味着，无论从精神还是肉体角度看，我们都变成了全新的生物。无论是否情愿，世间所有生物都会在一生之中经历数次死亡和重生。

故去的母亲曾对我谆谆告诫，人若不能矢志不渝地坚守人性，临死时必会变成一副骇人丑态。只有极少数人，能够在撒手人寰时，保有仍可辨识的人形。大多数人都不得不以禽兽或虫豸的形态终结生命。贵族老爷们安居豪宅之中，过着纸醉金迷的日子，挥霍着取自人民的税金和薪俸，往往最快丧失人形。他们当中的许多人双腿变得短粗，甚至长出尾巴，腹部发红变胖，两腮鼓胀！

从孩提时代起，母亲便经常给我讲樵夫的故事。这位樵夫在湖畔与仙女偶遇，并娶她为妻。但妻子飞回天上后，他便爬上屋顶，终日不吃不睡，只是哭泣。他的身体逐渐萎缩，两腿变得细如筷子，脚掌弓起，长出弯曲的脚爪，如同支撑衣架杆的钩子。手指退化，继而消失，全身长出白色的羽毛，头顶长出鲜红的冠子，喉咙里发出的不再是男人的嗓音，而是鸟儿的哀鸣。他的念望把自己变成了一只公鸡，可他终究不能飞上天空，寻回自己的妻子。若是他的意志和念望能够得到理性的指引，他或许真的可以肋生双翼，翱翔天际，可他的大脑早已失去理智，再也无法改变自身的演化方向。

与爱人分离的人往往会变成花草，或者化为石头，就像望夫石的故事那样，而非变作鸟儿或者骏马。生物往往无法按照自己的愿望演化，反会变成截然相反的形态，这种趋势亦颇奇妙。你可知向日葵会跟着太阳转乃是一种迷信的幻想。它们憧憬太阳，因而开出硕大的花朵，但花朵盛放之后，便会因无法荷重而垂下脑袋，朝向地面。我将来想必亦会如此。我祈望生出翅膀逃向远方,却由此生出匍匐在地的形态来,最终难免以踽踽爬行的姿势面对死亡。

雨水始终没有到来,可春日迟来的寒流却袭击了高句丽。有些鸟儿被冻死,从空中坠落,有些则长出厚厚一层羽毛,得以幸存。寒潮久久不去,肥厚的鸟身也越来越重,终于,这些鸟儿再难飞翔,只好在地上蹒跚摇晃。有些鸟儿则跃入水中,去水深处寻求些许的温暖。野兽和人类都变得饥肠辘辘,因为植物的叶片都变成针形,无法食用。老百姓躲进深山,长出野兽一般长且厚的毛。有时,猎人打到猎物,仔细一看这猎物不是熊,而是人。

刺客来的那天是个院中出现霜冻的春日。我端坐宫中,老远便发现有人躲在树木和宫墙之后,轻手轻脚地向我的别宫摸来。他们小心翼翼、鬼鬼祟祟,唯恐叫人察觉,那样子甚至让观者等得有些厌烦。刺客尚未杀进宫中,内侍便先走进来,跪在我的面前。

"殿下,君上派的刺客眼见便要杀入宫中。请速避身!"

"天下尽在叔父手中,你叫我避去哪里?"我翻过手中书页,淡然回应。不知何故,那太监呜咽起来。他抽泣半晌,抬起头来,毅然道:"殿下的形容与往日有天壤之别,连贴身婢仆都难以认出。小人愿与殿下交换衣冠，务请殿下保重玉体！"

他将我推向后门，自己坐到我的位置上。寒夜凛凛，我刚刚爬到漆黑的院中，几条黑影已经冲进寝宫。刀剑砍在肉上的声音和惨厉的尖叫刺痛我的后背。

我被悲伤攫住，不禁心想：我父为王朝创立基业，威震万古，不肖子如今却四足爬行，无耻地任由他人替死，才得以苟且偷安。将来地下相逢，我亦无颜面对先亲。这下可是连死都可惧了。

就在此刻，雷声隆隆，大雨倾盆，将火把尽数浇灭，使整座王宫陷入黑暗。御巫们的祈祷终于打动上天，雨来得正是时候。虽然是巧合无疑，但禁军兵士本就愚昧无知，此时认定是自己的恶行惹怒老天，个个惊慌失措，四散奔逃。我趁此机会，翻越宫墙。只有一名卫兵瞥见了我，但因为我那双黄色眸子烁烁放光，他准以为爬上墙头的只不过是只猫。

我不愿待在人多之处，直奔深山而去。雨水已经击溃干旱，青草向外滋生，每片叶子都朝天空高昂着头，树木也张开叶片，同时贪婪地向下生根。脚下片片葱郁的青草冒出嫩芽，被我一踏重又倒向大地。此刻，植物们的姿态与动物别无二致。久旱后的甘霖不知何时才能再来,草木都争先恐后地播撒种子,缔结果实,林中一片嘈杂。我在瓢泼大雨中奔走不息,最终筋疲力尽,倒在地上。

我躺在那里,不知道过了多久,影影绰绰地看到眼前似乎有棵白桦树在摇动。我定睛一瞧,才惊觉那根本不是什么桦树,而是一头白虎。这虎身量约有一丈二尺,精瘦无尾,全身如初雪般洁白无瑕。它绕着我缓步而行,我却仍旧仰面躺着,根本无力起身逃走。若是就此沦为这野兽口中之食,成为营养循环的其中一环,或许倒还不算死得毫无意义,思及此处,我竟不禁惨笑出声。

"你笑什么?"

那虎竟开口说话,我不禁茫然。它的声音清晰明了,确是人类的发音无疑。兽类与人类的声带构造截然不同,老虎又怎能口出人言?我苦笑一声,情不自禁地落下泪来。

"你哭什么?"那白虎再次开口。

"我怜你命途多舛。"我躺在原地,开口答道。

白虎的笑声亦是人声,"我哪里值得你来可怜?"

"你既口出人言,即是拥有人类的智识;既然拥有人类的智识,你必也曾经为人,只是如今化为牲畜。我不知你为何沦落至此,但身体发肤原本受之父母,你失去本来面目,如何不是大不幸之事?"

"本来面目到底是何意思?难道说,所有生物终其一生都应该保持新生儿的模样?"白虎语带讥讽,"你说你生为人形,但祖先却曾是熊、虎、蛇、鱼、鸟,甚至草木。如今,你不愿放弃这人形,但却终将意识到努力也是徒劳。生为何形,死为何形,真的就那么重要吗?虽然我化作了牲畜,但如今的样貌是我自己的选择:我曾想用自己勤劳的双手填饱肚皮……结果就换回现在的外形。"

我无话可应。

白虎继续说:"你可知道,古时候,生物形态的改变需要很久很久的时间?物种分化更是需要几万年的时间。但情况发生了变化,究竟是好是坏,尚未可知——如今,生物的变异只是一种适应机制,一种必需的生存策略。自然选择其幸存者时,并不考虑善或恶,高等或低等。甚至人类的形貌也只不过是自然选择的一种存活方式。如果不依附于团体或工具,人类远比兔子还更脆弱。像你这样软弱的可怜虫却妄图同情我,真是无比傲慢。"

白虎向我露出锋利的尖牙。那样子看起来十分愤怒,我闭上双眼,做好了被咬死的准备。但我等待良久,它却没有撕开我的咽喉。我仗着胆子,睁开二目,发现白虎正静静地注视着我。

"说吧。"它又开口。

"说什么？"

"你究竟想要什么？"

"我什么也不想要，"我说，"我只想藏起来，不被任何人发现。找个没人能发现的地方，在那里自生自灭。"

"如此说来你适合变成虫子。既然你无法摆脱对人形的执迷，最好变成蛆或苍蝇。要么变成蚯蚓如何？蚯蚓能孕育沃土，比现在的你对人类更加有用。"

它的言辞尽是侮辱，但我根本无力还嘴。

"物种差异太过巨大，便是我想做蚯蚓怕也困难。如之奈何？"

"只要你有挖土吃土的觉悟，变成蚯蚓又有何难？"老虎抬起头来，"我不忍吃掉跟我交谈过的人，你回去吧。我先前看到一群饥民正向山上爬，你跟上他们，或许能够学会生存之法。"

它转身走入树丛，融入周遭背景之中，倏然隐去了身影。

我站起身来，顺着山脊行走半晌，果然遇到白虎提及的人群。我混进人群之中，与他们一起行走。人群中没人说话，也没人关心别人。没人在意我靛蓝的皮肤和黄色的双眸。这群人有的躬身驼背，有的面容扭曲，有的四肢残缺，有的身负硬壳，还有的四足爬行。

上到山腰之后，这些人三五成群地进入洞穴之中。我跟着人流进入洞中，发现洞中之人都抱在一起，酣睡不醒。他们似乎选择以冬眠的方式度过这寒冷的荒年，避免食不果腹的窘境。他们有的像蚕一样织出茧子，有的如鱼卵般将自己裹进薄膜，有的则长出一层白毛。那些没能变形之人，和无法适应迅速的身体变化之人，都变成死尸，沦为蚂蚁的食物。进入食物链后他们将以另一种形态生存。我寻觅着无人之处，很快找到一棵中空的大树。我用野草铺了张床，将自己蜷成一团，试图进入睡眠状态。

寒冬已至，我继续忍饥挨饿。想尝试吃土为生，但就是做不到。想尝试冬眠，但总是醒来；睡着，又再醒来。后来，我能够连着睡一两天，然后是四天，终于，我能够一次睡一周到十天。

在那个冬季，我完成了蜕皮。我的身体无法适应艰苦的新环境，似乎自己认定进行某种"调整"势在必行：骨骼结构及重要器官的位置均发生了根本性的变化。我几度睡去，又几度醒来，在此过程中，皮肉彻底分离开来。我从蜕掉的皮肤里爬出来，回头望去，那惨白的躯壳仍然保持着人形。至于我，我发觉自己已经长出一身如蛇般光滑的皮肤，外加一条蜥蜴般的长尾巴。失去人形，一度让我痛心不已，但很快便恢复了平静。为了确保能够生存下去，我的身体选择了爬行动物的形态，与人类思维中的理性相比，肉体的智慧更胜一筹。它清楚，相对于人类的尊严或自豪，生存显然更加重要。我转过身，吃掉了蜕去的人皮，对我全新的身体来说，这显然是顿营养丰富的美餐。

春季降临，洞口萌发出可以食用的青草，我从冬眠中醒来，爬出洞外。这时我才知道，平安度过这个漫长寒冬的只有我一个。几个人死在外面，已经变成人形的岩石及树木，彼此缠结在一起，场面庄严肃穆。我心生敬意，向他们深施一礼：他们宁愿化为尘土，也要保持人形，实乃高洁之士。

此后，我便在林间爬行，以啃食青草为生。为了咬下坚硬的野草，我的颌骨变得强健有力，口鼻都突了出来。每当草丛轻轻摇动，我就会竖耳倾听，唯恐有人接近，时日一长，双耳也变得尖利。我的手掌变硬，上下肢也慢慢变成同样的长度。手指失去作用后，我的颅骨上又长出两只犄角。起初，那还只是头顶的两块突起，但很快便伸展成雄鹿般的角枝。这双角不仅能在与其他野兽争夺食物时行作战之用，还能撞下树上的果实，非常实用。

那年冬季，再次完成蜕皮后，我发现自己全身的皮肤完全变成深绿色，跟森林的颜色一般无二。我不禁想到，如果生活在沙漠中，或者石山上，我或许还能够保留原本做人时的肤色。但这样的想法对我而言毫无用处。我不想被人发现的愿望如此强烈，就算住在石山之上，我的身体也肯定会用岩石的颜色来伪装自己。

尽管已经无可改变地堕入了畜生之道，我却依然不能放下对前生所属的那个物种所有的执着。但终有一天，我脑部的容量和结构也会发生转化。人类特有的记忆和智识我究竟还能够保留多久？那天夜里，我数了数身上的鳞片数量。连大带小都算在内，共是八十一片。九九之数，大吉之数。思及此处我再次笑出了声。

那时节大约是秋日。

我像往常一样爬过树林，寻找食物，却听到远处传来马蹄踏地和猎犬嘶叫的声音。我吃惊不已，抬头观望，见一群猎犬正追着几头紫獐，朝这边跑来。我混进鹿群之中，慌忙奔逃。猎人从草隙间窥见我的角枝，误以为我也是只紫獐，朝这边放了一箭。身旁的紫獐中箭倒地，发出憾恨不已的哀鸣。那声音极似人声，令我心惊不已。

我拼了命地奔逃，却不及紫獐那般迅速、聪敏。最后，我被猎犬逼到一棵大树下，深陷重围，逃脱不得。我站在那里，面对狂吠不已的猎犬，此时，灌木被分向两边，走进来一群持矛带箭的人。当我看到那个骑马走在前面的男人，不禁愣在那里，这回是真的动弹不得。

只有在睡梦中，我才能暂时忘记那张脸：我的叔父。但我之所以目瞪口呆，却不是因为他的出现，而是因为他骇人的外貌，变化如此之大，我几乎都认不出来。

他看上去像是一坨巨大的肉块。便便大肚呈现出粉色光泽，足见他贪吃无餍；鼻尖向上竖立，说明那张脸始终都埋在美食之中；他的双眼几乎已经完全闭合，证明他无法分辨是非对错；耳垂盖住双耳，即是说这位国君根本什么都不想听；他的双手双脚都已退化，五指难辨，显见他根本就不理朝政。考虑到我先父即便长期卧病时，仍旧没有失去人形，叔父的转变实在叫人震惊不已。我义愤填膺，连害怕都顾不得了。

叔父令手下放低弓箭，不必指向我，接着便从头到尾端详起我来。

"这生物是什么东西？我见它长着角枝，以为是头鹿，可这身子倒是绿色的。尾巴好像蜥蜴，身上覆满蛇鳞，四肢与人相似，黄眼睛倒像是猫。这究竟是什么兆头？"

立于前排的臣下上前一步。他后背拱起，好像趴在马背上，脖颈弯向地面，似乎随时都有掉落之虞。虽然他的外貌发生了极大的变化，但我还是认出他就是那个曾经与我交好的御巫。我感觉他也认出了我，只是刻意回避目光。

"生物为适应环境，始终不断变化，遇见新种原属正常。然则谱系之所以混乱至此，盖因世间动荡，生民难以安身立命。自然不能谆谆其言，故示以妖怪者，欲令人君恐惧修省以自新也。君若修德，则可以转祸为福。"①

闻至此处，国王的脸涨得通红。

"凶则为凶，吉则为吉，尔既以为妖，又以为福，何其巫也？"

还未等周围的随从上前阻拦，国王已经抽出腰间佩剑，挥剑斩下那御巫人头，剑锋过处，周遭几人亦被殃及。趁此间隙，我掉头就跑。身后箭如雨下，狗吠不止，我拼命

---

① 韩文注：引自《三国史记》中的次大王实录，原文中国君所见是一只白狐。

向山巅爬去。最后，我置身绝壁，低头望望山下，崖底河水蜿蜒，波涛汹涌，我纵身跃下。

从如此高度撞向水面，我只觉河水就像地面一样坚硬，接着便被水流整个吞噬。

我搞明白了几件事。只从悬崖跳下来一次，是没法长出翅膀的；像我这样长着爬行动物的坚硬外壳，不会那么容易丢掉性命。

"我一心盼望远离人群，一被发现，果然又有人因我丧命。"

此后，我便待在那条河里。因为长久浸泡在水中，我的皮肤逐渐溃烂，在寒夜中结冻，然后开始变软。我被折磨得死去活来，却没有回到陆地上去。我真心希望切断自己身上最后的人性，希望自己变成鱼或是水蛇，甚至祈祷人类的意识能够彻底从我的体内抽离。

午夜时分，我忍着冰点下的严寒栖于浅滩，看见两只乌龟从水中探出头来。等它们最终浮出水面，我才意识到，那不是两只乌龟，而是一只双头龟。它先前大抵是躲藏在河堤的淤泥之中，形体完全显露之后足有两尺之长。生有赤翅的鱼儿拍打着双翼，急急从它身旁逃开。

只听那乌龟说:"如此寒夜,陆生之物为何将头深埋水中?快回你所来之处去吧。"它的两张嘴同时说话,声音就像是彼此的回响。

我张开冻僵的嘴巴,回应道:"我无处可去,若是擅闯了阁下领地,我愿诚心致歉。只求不要被逐赶。"

"一切生物皆有自己栖息之所,你一四足之兽,要如何在水底生存?"

"所谓生物谱系,追本溯源时本无严格界限。如果阁下承认,依照你自身形态和特点,能够适应水路两栖的生活;那也请记住,所有陆生动物都曾居于水中;请记住所有生物都源自同一祖先。既然海豚和海狮并无过失,想要逆行进化之路的我又何至招来非议?"

"就算物种之间本无界限,但你这等妖物在此徜徉,定会吓跑我的猎物。"

"那并非我的本意。我只是不想被人发现,但似乎无法做到。生物的外形变化往往与其意愿相反,若是要探讨这一倾向,我倒愿与你坐论数日。"

"无须讨论数日之久。事情再简单不过:你以为你想要,但其实并不想要。"那乌龟猛地把两个头都扭向我,双头交缠在一起,厉声道:"速速滚出此地。否则,我就吃了你。"

"来吧，吃掉我吧，"我回应道，"我死之后，就会变成水鬼，再也不用回到陆地上了。"说完，我就闭上双眼。

过了一会儿，我再次睁开眼睛，乌龟已经不见了。它没有杀我，不知是出于同情，还是不屑，又或许是我看上去不够美味？我再次浸入水中，彻夜忍受刺骨寒凉。

又过了些时日，身上的鳞片附着得愈发牢固，四肢逐渐变小，但不知为何没有变成鳍，只退化到鸟腿般粗细就停了下来。我怀疑，这或许是我从峭壁跃入空中的结果。随着我的四肢失去作用，脊椎和尾巴变得更长。据说，进化所经历的每个阶段，都会留下不可磨灭的印迹。我颅骨上的角枝没有退化，我少年时的那双猫眼也依然如故。我始终无法改变呼吸之法，但却习得了长时间潜水的法门。随着我的四肢进一步萎缩，胡须逐渐变长，而且拥有了昆虫触角般的敏锐感觉。我以小鱼及水草为食，时而沉入河底数天时间，时而在湖中度过数月光阴。

一天，我浮出水面呼吸，见一女子正在湖边浣衣。除了生有九条白色的尾巴，她完全保留着人类的外观。我已经失去人形太久，也太久没有见到过人类，望着她不知如何是好。我怔忡着，等待她一边惊呼妖怪，一边朝我扔石头,但她竟双手合十,向我深施一礼。

"你这是做什么?"

话一出口我便悔悟起来。就像我当初遇到那头口吐人言的老虎一样,她也会知道我是人类变的。

"我见神秘生物从水底浮出,以为是治水的神灵,因此叩拜。"

"你看错了,我只是个杂种,因惧怕人间,才寄生水中。本无意惊扰,还望见谅。"

说完,我便再度沉入湖底。

几天后,我睁开双眼,发现面前浮着许多泡发的年糕和水果。小鱼们兴高采烈,逐一啃噬面前的小块年糕。我再次浮出水面,见上次那九尾女子仍在湖畔。环顾四周,我发现她设了一张小案,上置净水、香烛以及年糕之类,正虔诚敬拜。案上放着成堆的红色纸片,纸上都写着各人的愿望。在那女子身旁,还聚着几个形似乡邻的人。她一看到我,立即跳了起来,就像是被抓现行的小贼。

"你们这是在做什么!"我一时气结,冲口说道:"我已亲口说过,我不过是个杂种!你们若实在无处祷告,倒不如换个湖泊,或去山上试试!"

她说:"草木枯萎,旱灾不去,百姓无以果腹。一切都在变异，农田衰败，作物不再合胃口。可国王双耳双目均已退化，再也听不到人民的呼声。"

"那你们找我又有何用？我无权无势，一介畜生又怎能插手人间之事？"

"上天将你塑成如此神圣模样，定有因由，你却要说人们的祈愿都是虚无的吗？"

我略作沉吟，开口道："你所说不错。"

我摇动尾巴，扬起风浪，将香烛掀翻，盛有净水的碗则摔到地上，跌得粉碎。

"看来是我活了太久。我每每现身人前，总是引起纷争灾祸，还是永远隐去为好。"

我又一次潜入水中。回头望去，九尾女子正在抽泣。我硬起心肠，掉头回转湖底，就此开始蛰伏。冰冷的湖水慢慢把我的身体冻僵，我感到机能渐次麻痹，细胞也逐一陷入深眠。思维变得迟钝，再也体验不到时间的流逝。我不禁想到，若是幸运，我许会如太古时代的巨人一般，化作岩石泥土。

起初，我感觉像是远远地听到叩门声，接着变成呼喊声，试图唤醒我："醒醒。"

我睁开眼睛。数不清的水草和螺蛳附着在我身上，睁眼都很困难。游到眼前的是从前见过的那只双头龟，不知为何，他似乎比上次见面时小了许多。

"快离开这儿。国王的军队要来捉你了。"

我花了好长时间，才辨清他话中含义。直至此时，我才记起自己很久之前曾是人类，记起自己王子的身份，也记起国王曾与我血脉相连。

"国王何故大费周章，派人来捉我？"

"在你蛰伏之后，人们仍在湖畔祭祀。他们向你祈愿驱逐今上，另立新主。国君闻知此事，下令填平此湖，将你从湖底挖掘出来。你的反应如此迟钝，看来大脑也已经有所变化。快逃吧，现在就动身。"

我这才注意四周都喧闹不已。抬头一看，泥土正不间断地迎头落下。不知从何处传来令人作呕的血腥味，乌鸦在湖面上空来回盘旋，聒噪不停。

"这些乌鸦缘何喧闹？"

"那都是险恶之物，你不看为好。"乌龟说完，就钻进淤泥之中。我预感不祥，立刻浮出水面。不过是极轻微的动作，湖水却因此卷起漩涡，吓得鱼儿仓皇逃窜。身上的水草和螺蛳纷纷滑落，我这才恍悟，不是那乌龟变小了，而是我的形体变大了，这或许皆是漫长蛰伏后的结果。

一队士兵聚集在湖畔，正朝水中填土。他们见到我，惊得瞠目结舌，纷纷停下动作。我同样失去言语，怔怔看着他们周围泥地中的惨状：在此祭祀的村民与那名九尾女子尽都横尸当场，血流了一地，那女子的白色衬裙还在微风中飘来荡去，她身子的每一次摆动都带走我的一点理智，最终，我的大脑完全失去了思考的能力。

一个小兵回过神来，挥动手中长矛，向我吼道："妖物还不乖乖授首！你的信徒尽已丧命。"

他话音未落，我便从水中跃出，趁兵士仓皇奔逃之际，咬穿面前宵小，同时用尾巴扫击他们的马腿。骑兵纷纷落马，我用后爪撕裂他们的喉咙，又用前爪踩碎他们的心脏。

我听到远处传来兵戈之声，于是跳出湖水，投身河中。我的双眼向来犀利，能够一一数清河边死尸的数量，也能看见那个曾是我叔父之人正站在江畔。我欲从他身旁掠过，却听到他的喊声："出来，你这妖物！"

国王直挺挺地骑在马上。他的声音不大，但我在演化阶段经历过无数兽类形态，听力特别敏感，能清楚分辨他的声音。

"你若不现身，我就杀光附近所有村民，直至逮到你为止。我要治他们膜拜妖物之罪，将他们尽数处决。"

我在水中停了下来。这威胁当真古怪，莫非就连我叔父都将我认作某种神灵？人类的生死与我本无干系，但我还是默然浮出水面，登上河岸，站到国君面前。不，我的身体如今不似人类，已不能说是"站立"。我盘起长尾，撑直身体，将颈子竖了起来。直到此时我才意识到自己已变成了怎样的庞然大物。将矛尖指向我的士兵和叔父看上去都那样渺小，我只一呼气便能在顷刻间将其全部消灭。

近距离打量我的叔父，不禁千般思绪涌上心头。唉，唉……他老了许多。唯有这种必然是任何生物都无法抗拒的终局，无论如何拒绝改变也是徒然。他曾经肥硕的腹部耷拉下来，布满皱褶；皱纹堆垒的脸庞疙里疙瘩；退化的四肢因闲置不用，变得干瘪枯瘦。

"我认出你了，"他说话的声音干涩，好像树枝被风吹动时的沙沙声，"你是先王的孽种，早该魂飞命殒，不想尚在人间。"

我像他的兵士一般深深垂头，开口说道："小人所以化身禽兽，只为苟延残喘，绝无威胁君上治世之意。此皆愚蒙百姓所行之事，君上雅量，请息雷霆之怒。"

"虽说是愚蒙百姓所行之事，你又怎会不知他们的心思？我还是要治你的罪。"

"这具肉身早已殒命多年，君上何苦二度索命？"

"你这妖物也敢在人君面前叫嚣？"国王嗤出声来。那声音细得好像阉人，几乎听不清楚，却又颇为刺耳。

"你既身处王土之中，身家性命便皆属朕之所有。朕令你交出性命，不违王命才是你为臣的道理。"

"王上要这微贱的水蛇之命，究竟又有何益？"

"禽兽竟开口与人对话，如何不是不吉之事？你这妖物乃是大凶之兆，我必得除之后快。"

"小人虽已沦为邪兽，但君上也早非人类。您又如何长据人君之位，反来求取小人的性命？"

国王眼角血红，向上奔突。他用纤细的嗓音尖叫一声，周遭的士兵均催动坐骑，向我冲来。我再次跃入江中。士兵们顺着江岸紧追不舍，我游得迅如疾风，致使江水都漫溢到岸上，我所经之处，水流都向左右分成两半。

身后传来国王的狞笑，我知道他为何会笑。一座十丈高的巨瀑挡住了我的去路。但我没有停下，反而加速向前冲去。落到瀑布底部时，我将身体向上猛甩，借助底部漩涡的动力，从瀑布中一跃而出。我的身体逆流而上，围绕在我尾部的涡流也随着我的身体盘旋上升。

我发觉自己造出了一股上升气流，发觉我的身体已经大得足以改变大气流向。我御风上天，士兵们只得茫然停下追逐的脚步。我俯视自己的身躯，发现绿色的鳞片在阳光下闪烁着瑰丽的金光，游鱼似的长尾在身下摆动，几乎能触到地面。我快活地穿过云层，继续向上飞升。流动的大气映入眼帘，几乎触手可及。我乘着清风，感受着改变大气流向之法。又很快悟出如何产生降雨。我想起自己还是人类时，曾厌恶干旱，但时日太久，我已记不清原因。

我引导气流继续上升，水蒸气刚到对流层，乌云便即形成。一时间，电闪雷鸣，世界都跟着摇撼。我轻轻压迫云层，接着又腾身而起，改变气压，倾盆大雨开始朝地面泼洒。江水汹涌，淹没田地，呆立岸边的士兵顷刻便被洪水卷走。无力追来的国王远远看着这幅光景，刹那白头，似乎老了十岁，似乎本已时日无多的生命被我碾磨一空。但我对他们的生死再无半点兴趣，因为我早已不再是人类。我只是尽情享受着云中穿梭之乐，加速飞向更高的天宇。

那年冬天，国王死于暴乱之中。他丧命之日，我正翱翔在蔚蓝的天际。

注：文中居于长白山的巨人盘古，亦即华夏民族创世神话中的盘古。长白山被朝鲜民族视作圣山。樵夫与仙女

的故事源于古代朝鲜民间神话。

白虎"你的祖先曾经是熊虎鱼虫鸟草木"之言，源于朝鲜民族的始祖神话，神话中认为始祖檀君系由"天帝之子桓雄"与"熊女"所生。

金宝英是韩国最具影响力的科幻作家。首部作品《触摸的经验》在2004年韩国科技创意写作奖首轮评选中获得最佳中篇小说奖。她的科幻短篇见于韩国众多科幻杂志及作品集。著有短篇小说集《故事到此为止》《神之进化》，长篇小说《七个刽子手》（获得首届韩国科幻长篇大奖）。韩国著名导演奉俊昊赞赏其小说写作的功力，聘请她担任电影《雪国列车》剧本顾问。

本文2006年初次刊登于韩国的HappySF杂志。

名师大语文

名师导读

这篇小说最令人惊愕的便是它的神话色彩，文章的题目本就充满了玄幻的意味，容易引发读者的浮想联翩。

开头的题记是一段史料，出自《三国史记·高句丽本纪》，作者根据这段史料展开了丰富的想象——她设想史料中的这些奇特物种都是人类所变，于是便有了下面的故事。

故事背景、人物形象也进行了类型化的处理——新王夺权、荒淫无道，天降灾害、民不聊生，这是很多传统神话故事的开篇。正因为有了这样的背景铺陈，后面的矛盾开展——主人公作为前太子得民心却不得不闭门不出，还要屡遭迫害，只得在躲避中不断改变自己的形象——也就更为合情合理。

他偶遇一只会说话的白虎，在白虎的启发下，主人公明白了物种变化的玄妙。与逃荒的百姓逃亡到山洞中冬眠起来。他在林间爬行，以啃食青草为生。可在一次秋猎中，他再次遇到了身为国王的叔父，危急中他只能纵身跃下悬崖，在深潭中继续变异。直到一日浮出水面发现有人施礼，才明白众人都在湖畔祭祀，等待他的回归。可是，这也再次为他招来了杀身之祸。追兵再次到来，主人公从水中跃出，早已脱了人形的叔父再次苦苦相逼。主人公御风上天，顷刻间电闪雷鸣，世界都跟着震撼。

自然选择

达尔文把在生存斗争中适者生存、不适者被淘汰的过程叫作自然选择（Natural Selection）。达尔文从生物与环境相互作用的观点出发，认为生物的变异、遗传和自然选择作用能导致生物的适应性改变。在生存斗争中，具有有利变异的个体，容易在生存斗争中获胜而生存下去。反之，具有不利变异的个体，则容易在生存斗争中失败而死亡。这就是说，凡是生存下来的生物都是适应环境的，而被淘汰的生物都是对环境不适应的，这就是适者生存。达尔文认为自然选择过程是一个长期的、缓慢的、连续的过程。由于生存斗争不断地进行，因而自然选择也是不断地进行，通过一代代的生存环境的选择作用，物种变异被定向地向着一个方向积累，于是性状逐渐和原来的祖先不同了，这样，新的物种就形成了。由于生物所在的环境是多种多样的，因此，生物适应环境的方式也是多种多样的。自然选择造就了生物界的多样性。

思维拓展

　　小说饱含了重重隐喻，借巫师、天象、白虎、乌龟等事物之口来间接传递，而主人公的参悟在很大程度上揭示了作者对于人世变迁的思考：从古至今，个体发生始终重复着种系发生的过程。我们体内的细胞每时每刻都在新生和死亡，血管中的血液不间断地被创造又消失；老细胞死去，新细胞便会出现，填补前者留下的位置。最终，构成我们原始身体的细胞会被完全取代。这意味着，无论从精神还是肉体角度看，我们都变成了全新的生物。无论是否情愿，世间所有生物都会在一生之中经历数次死亡和重生。

　　作者说人若有执念，便能演化成自己心中的样子。其实，人的执念好多时候不是为情所起，而是为生所迫。就像达尔文的进化论——物竞天择，适者生存。如果带着这样的视角再去看这篇《神之进化》，或许你能更好地理解主人公的"顺时顺境而变"，主人公的无可奈何，也是人类发展中的必经之路。只不过，我们站在当下回望历史的长河，只是一页页影像闪过。而站在时光的角度看当下，我们又何其渺小。

养蜂人

王晋康 / 著

副研究员林达的死留下许多疑问。警方从一开始就不相信是自杀，但调查几个月后仍没有他杀的证据，只好把卷宗归到"未结疑案"中。引起怀疑的主要线索是他留在电脑屏幕上的一行字（他是在单身公寓的电脑椅上服用过量安眠药的），但这行字的意义扑朔迷离，晦涩难解：

养蜂人的谕旨。不要唤醒蜜蜂。

很多人认为这行字说明不了什么，它是打在屏幕上的，不存在"笔迹鉴定"的问题。因而可能是外人敲上的，甚至可能是通过网络传过来的。但怀疑派也有他们的推理根据：这行字存入电脑的时间是13日凌晨3点15分，而法医确定他死亡时间大约是13日凌晨3点半到4点半，时间太吻合了。在这样的深更半夜，不会有好事者跑到这儿敲上一行字。警方查了键盘上的指纹，只发现了林达和他女友苏小姐的。但后来了解到，苏小姐有非常过硬的不在现场的证据——那晚她一直在另一个男人的家里。

这么着就只有两种可能：或者，这行意义隐晦的字是林达自己敲上去的，可能是为了向某人或警方示警；或者，是某个外人输进去的，但绝不会是游戏之举而是怀着某种动机。不管哪种可能，都把结论导向"他杀"。

调查人第一个询问的对象是科学院的公孙教授，因为他曾是林达的博士生导师，林达死后，公孙教授曾和同事聊起过林可能是"自杀"的话题。调查人觉得，先对观点与自己相左的人进行调查是比较妥当的，可以避免先入为主的弊病。当然这只是原因之一，是那种比较讲得出口的原因。实际上呢……人们都知道警方的一条原则：必须首先排除报案人的作案可能性。

公孙教授的住宅很漂亮，他穿着白色的家居服，满头白发，眉目疏朗。对林达之死他连呼可惜，说林达是他最看重的人——一个敏感的热血青年。虽然他还算不上最优秀的科学家（因为他太年轻），但他有最优秀的科学家头脑，属于那种几十年才能遇上一个的天才，他的死亡是科学界的巨大不幸。至于林达的研究领域，公孙教授认为是比较"虚"的：林达在研究电脑的智力和"窝石"。他的研究对人类来说当然很重要，但那是从长远的意义而言，并没有近期的或军事上的作用，"绝不会有敌对国家为了他的研究而暗杀他。"

谈话期间，公孙教授的表情很沉痛，但仍坦言"林达很可能是自杀"，因为天才往往脆弱，他们比凡人更能看穿宇宙和人生的本质，也常常因此导致心理的失衡。随后他流畅地列举了不少自杀的科学天才，名字都比较怪僻，调查人员未能用纸笔记录下来（有录音），只记得提到一人是美国氢弹之父费米的朋友，他搞计算不用数学用表（那时还没有计算机），因为数学用表上所有的数据他都能瞬时心算出来，这个细节给调查人员的印象很深。但此人三十余岁就因精神崩溃而自杀。公孙教授说：

"举一个粗俗的例子，你们都是男人，天生知道追逐女人，生儿育女，你们绝不会盘根究底，追问这种动机是从哪儿来的。但天才能看透生命的本质,他知道性欲来自荷尔蒙,母爱来自黄体胴,爱情只是'基因们'为了延续自身而设下的陷阱。当他的理智力量过于强大、战胜了肉体的本能时,就有可能造成精神上的崩溃。"

调查人员很有礼貌地听他说完,问他这些话是否暗示林达的死与男女关系有关。很奇怪的是,公孙教授的情绪这时突然有了变化,他不耐烦地说:"很抱歉,我还有课,失陪。"说完他就起身送客了。调查人员并未因他的粗暴无礼而发火,临走时小心地问他:"刚才所说的电脑'窝石'究竟是什么东西?那肯定是极艰深的玩意儿,我们不可能弄懂。请您用最简单的语言描绘出它大致的轮廓。"

公孙教授冷淡地说:"以后吧,等以后我有时间再说。"

第二个被调查的人是林达的女友苏小姐。她相当漂亮,非常迷人。那时天气还很凉,但她已经穿着露脐装、超短裙,一双白腴的美腿老在调查人的眼前晃荡。两个调查人对她的评价都不高,说她绝对属于那种"没心没肺"的女人,林达尸骨未寒,她已经在谈笑风生了,连悲伤都懒得假装,甚至有调查人在场的情况下,她还在电话里同某个男人发嗲。

苏小姐非常坦率,承认她和林达"关系已经很深",不过早就想和他拜拜了,因为他是个"书呆子,没劲"。不错,他的社会地位高,收入不错,长得也相当英俊,但除此之外一无可取。他俩约会时林达常皱着眉头走神,他的思维已经陷入光缆隧道之中,无法自拔,那是狭窄、漫长而黑暗的幽径。他相信隧道尽头是光与电织成的绚烂云霞,上帝就飘浮在云霞之中。林达很迷恋他的女友,即使在追逐上帝时,他也无法舍弃她的魅力,公孙教授的分析并不完全适合他。但在和苏小姐在一起时,他又免不了走神。"我看近来他的精神不正常,肯定是自己寻死啦!"

关于林达死于"精神失常"的提法,这是第二次出现,调查人请她说一些具体的例证。苏小姐说:"最近林达经常把白蚁啦、蚂蚁啦、黏菌啦挂在嘴边。比如他常谈蜜蜂的'整体智力',说一只蜜蜂只不过是一根神经索串着几个神经节,几乎谈不上智力,但只要它们的种群达到临界数量,就能互相密切配合,建造出人类叹为观止的蜂巢。它们的六角形蜂巢是按节省材料的最佳角度设计的,符合数学的精确原理。对了,近来他常到郊区看一个放蜂人……"

调查人立即联想到电脑屏幕上的奇怪留言,不用说,这个放蜂人必定是此案的关键。于是调查人请苏小姐尽量回忆有关此人的情况。苏小姐说:"我真的不清楚。他是一个人骑摩托车去的,大概去过三次,都是当天返回,所以那人肯定在京城附近。他回来后的神情比较怪,有时亢奋,有时忧郁,老是说一些不着边际的话,什么'智力层面'之类的,我记不住,也没兴趣听。"

调查人随后盘问了案发那晚苏小姐的活动轨迹,确信她不在现场后,便准备告辞。这时,苏小姐才漫不经心地说:"噢对了,林达有一件风衣忘在我家,里边好像有一些放蜂人的照片。"听了这句话,调查人的心情真可以用喜出望外来形容。衣袋里果然有一厚叠照片,多是拍的蜂箱和蜂群,只有一张是放蜂人的。那人正在取蜜,戴着防蜂蛰的面罩,模样不太清晰。但蜂箱上提供了宝贵的信息,上面有红漆写的地址:浙江宁海桥头。

调查进行到这儿可以说是峰回路转。老刑侦人员常有这样的经历:看似容易查证的线索会突然中断,看似山穷水尽时却突然蹦出一条线索。三天后,调查人已经来到冀中平原,坐在这位放蜂人的帐篷里了。四周是无边无际的油菜花,闪烁着耀眼的金黄。至于寻找此人的方法,说穿了很简单。他们知道这些到处追逐花期的放蜂人一般都不自备汽车,而是会把蜂箱交给火车或汽车运输。于是,他们在本市联运处查到了浙江宁海桥头的张树林在15天前所填的货运单据，便循迹追来了。

不过，见面之后，他们比较失望。至少，按中国电影导演的选人标准，这位张树林绝对不是反派角色。他是个矮胖子，面色黑红，说话中气很足，非常豪爽健谈。可能是因为放蜂生活太孤单了，他对两位不速之客十分热情，逼着客人一缸一缸地喝他的蜂糖水，弄得调查人老出外方便。帐篷里非常简陋，活脱脱一个21世纪的中国吉卜赛。一张行军床上堆着没有叠起的毛毯，饭锅支在地上的三块石头上，摔痕斑斑的茶缸上有"农业学大寨"的红字。他的唯一同伴是他的小儿子，一个非常腼腆的孩子，他向调查人问声好，就躲到外边去了。

放蜂人的记忆力极好，20天前的事像是照了相似的，他记得纤毫不差。一看到那叠照片，他就说："没错，是有这么个人找过我几次，姓林，三十一二岁，读书人模样，穿着淡青色的风衣和银灰色毛衣，骑一辆嘉陵摩托。我们俩对脾气，谈得拢！聊得痛快！"

调查人问他们究竟谈了什么，养蜂人说都是有关蜜蜂的生活习性的，接着便滔滔不绝地继续说下去。调查人接受了这番速成教育，离开时已经变成半个蜜蜂专家了。根据老张的说法，蜜蜂靠跳8字舞来指示蜜源，8字的中轴方向表示蜜源相对太阳的角度；蜜蜂中的雄蜂很可怜，交配后就被逐出蜂巢饿死，因为蜂群里不养"废人"；养蜂人取蜜不可过头，否则冬天再往蜂箱里补加蜂蜜时，它们知道这不是它们采的，就会随意糟蹋；蜂群大了，工蜂会自动用蜂蜡在蜂巢下方搭三四个新王台，这时怪事就来了！勤勉温顺的工蜂突然变得十分焦躁，它们不再给蜂王喂食，并成群结队地围着它，逼它到王台中产卵，王台中的幼虫就是以后的新蜂王。新王快出生时，有差不多一半的工蜂跟着旧王飞出蜂箱，在附近的树上抱成团，这时放蜂人就要布置诱箱，否则它们会飞走变成野蜂。进入新箱的蜜蜂从此彻底忘了旧巢，即使因某种原因找不到新巢，它们宁愿在外边冻死饿死也决不回旧巢，就像是它们的记忆回路在离开旧巢时咔嚓一下子给剪断了！这时旧巢中正热闹呢，新王爬出王台后，第一件事就是寻找其他王台，把它咬破，工蜂会帮它把里边的幼虫咬死。不过，假如两只蜂王同时出生，工蜂们就会采取绝对中立的态度，安静地围观着这场决斗，直到其中一只被刺死，它们才一拥而上，把失败者的尸体拖到蜂箱外。"想想这些小生灵真是透着灵气，不说别的，你说分群时是谁负责点数？那么大的数可不好点呐，它们又没有十个指头。"

照片里的林达和放蜂人并肩立在如雪的杏花里，白色的蜂箱一字儿排在地头，黄褐相间的小生灵在他们周围轻盈地飞舞。

"它们有自己的社会，有自己的数学和化学，有自己的道德、法律和信仰，有自己的语言和社交礼仪。一只孤蜂不能算是一个生命，它绝不可能在自然界存活下去。但蜂群达到一定数量后，就产生一种整体智力。所以，称它们为'蜂群'不是一个贴切的描述，应该说它们是一个叫作'大蜜蜂'的生物，而单个蜜蜂只能算作它的一个细胞。智力在这儿产生突跃，整体大于个体之和。"林达曾对着蜂群自言自语。

"他说这些小生灵可以让我们彻悟宇宙之大道。他还问我蜂群'分群'的临界数量是多少？但他又说精确数值是没有意义的，只要大略了解有这么一个'数量级'就行。"老张转述着林达的话。他弄不明白这些话。

调查人第二次听到"临界数量"这个词。这个词听起来有点神秘，也多少带点危险性（他们都知道核弹爆炸就有一个临界质量）。但他们针对这个词的追问得不到放蜂人的响应。老张只是杂七杂八地扯一些题外话，他指着那张戴面罩的照片说:"这张照片是林先生特意给我照的,林先生说要寄到我家,不知道寄了没有?本来不是取蜜期,他非要我戴上防蜂罩为他表演。他说我带上它像是戴上皇冠,说我是蜜蜂的神,蜜蜂的上帝。这个林先生不脱孩子气,尽说一些傻话。"

调查人的感觉很敏锐,他们从这句平常的话中联想到苏小姐说的"精神失常",便紧追下去。老张后悔说了这句话——他不想对外人说起林先生的"缺点"。在调查人的再三追问下他才勉强说:"对,林先生的确说过一些傻话。他说过,老张你'干涉'了蜜蜂的生活——你带它们到处迁徙寻找蜜源,你剥夺了它们很大一部分劳动成果供人类享用,你帮它们分群繁殖,如此等等。但蜜蜂们能察觉这种'神的干涉'吗?当然这肯定超出它们的智力范围,但它们能不能依据仅有的低等智力'感觉'到某种迹象?比如,它们是否能感觉到比野蜂少了某种自由?比如,当养蜂人在冬天为缺粮的蜂群补充蜂蜜时,它们是否会意识到那来自仁慈的'上帝之手'?它们糟蹋外来的蜂蜜,是否是一种孩子式的赌气?林先生的话把我给逗笑了,我说它们再聪明也只是虫蚁呀,它们咋能知道这些?我看它们活得蛮惬意的。不过,"老张认真地辩解着,"林先生绝不是脑子有问题，他是爱蜂爱痴了，钻到牛角尖里了。"

　　调查人对谈话结果很失望，这条意外得来的线索等于是断了。他们曾把最大的疑点集中在"养蜂人"身上，但是现在呢，即使再多疑的人也会断定，这位豪爽健谈的养蜂人绝不是阴谋中人。两人临告辞时对老张透露了林先生的不幸，放蜂人惊定之后涕泪滂沱，连声哽咽着："好人不长寿，好人不长寿哇。"

　　调查人又到了北大附中，林达的最后一次社会活动是在这里给学生做了一场报告。当时负责接待的教导处陈主任困惑地说，这次报告是林达主动来校联系的，也不收费。这种毛遂自荐的事学校是第一次碰上，学校对林达不熟悉，原想婉言谢绝的，但看了那张中国科学院的工作证，就答应了。至于报告的实际效果，陈主任开玩笑地说："不好说，反正不会提高这次期中考试的成绩。"

　　他们用随机抽样的方法喊来了五个听过报告的学生，两男三女。他们拘谨地坐在教导处的木椅上。这是学校晚自习时间，一排排教室静寂无声，窗户向外泻出雪亮的灯光，光怪陆离的霓虹灯在远处的夜空中闪亮。学生们的回答不太一致，有人说林先生的报告不错，有人说印象不深，但一个戴眼镜女生的回答比较不同：

"深刻，他的报告非常深刻，"她认真地说，"不过并不是太新的东西。他大致是在阐述一种新近流行的哲学观点：整体论。我恰好读过有关整体论的一两本英文原著。"

这个女孩个子瘦小，尖下巴，大眼睛，削肩膀，满脸稚气未脱，无论年龄还是个头显然比其他人小了一号。陈主任低声说，你别看她其貌不扬，她是全市有名的小天才，已经跳了两级，成绩一直是拔尖的，英文最棒。调查人请其他同学回教室，他们想，与女孩单独谈话可能效果更好些。果然，小女孩没有了拘谨，两眼闪亮地追忆道：

"什么是整体论？林先生举例说，单个蜜蜂的智力极为有限，像蜂群中那些复杂的道德准则啦，复杂的习俗啦，复杂的建筑蓝图啦，都不可能存在于任何一只蜜蜂的脑中。但千万只蜜蜂聚合成蜂群后，这些东西就自然而然地产生出来——为什么如此？不知道。人类只是看到了这种突跃的外部迹象，但对突跃的深层机理毫无所知。又比如，人的大脑是由140亿个神经元组成，单个神经元的构造和功能很简单，不过是根据外来的刺激产生一个冲动。那么哪个神经元代表'我'？都不代表，只有足够的神经元以一定的时空序列组合在一起，才会产生'窝石'……"

调查人又听到了"窝石"这个词,他们忙摆摆手,笑着请她稍停一下:"小姑娘,请问什么是'窝石'?我们在调查中已经听过这个词,不会是肾结石之类的东西吧,从没听过脑中也会产生结石。"

小女孩侧过脸看看他们,有笑意在目光中跳动。她忍住笑耐心地说:"那和石头没关系啦。'我识'就是'我的意识',就是意识到一个独立于自然的'我'。人类婴儿不到一岁就能产生'我识',但电脑则不行,即使是战胜卡斯帕罗夫的'深蓝',它也不会有'我'的成就感。不过,这说的是数字电脑的情形,自从光脑、量子电脑、生物元件电脑这类模拟式电脑问世以来,情况已经有了变化。林先生在报告中也提到了'标准人脑'和'临界数量'……"

调查人相对苦笑,心想这小女孩怕是在用外星语言谈话!他们再次请她稍停,解释一下什么是"标准人脑",这个名词听上去带点凶杀的味道。女孩简单地说:"这只是一个度量单位啦,就像天文距离的度量可以使用光年、秒差距或地球天文单位一样。过去,数字电脑的能力是用一些精确的参数来描述,像存储容量(比特)、浮点运算速度(次/每秒)等。对于模拟电脑这种方式已不尽适合,有人新近提出用人脑的标准智力作参照单位。这种计算方法还没有严格化,比如对世界电脑网络总容量的计算,有人估算是100亿标准人脑,有人则估算为10000亿,相差悬殊。不过林先生有一个非常精辟的观点,他说,精确数值是没有意义的,不管是多少,反正目前的网络容量早已超过临界数量,从而引发智力暴胀,暴胀后的电脑智力已经不是我们所能理解的层面……"

调查人很有礼貌地打断她的话,说很感谢她的帮忙,但是不能再耽误她的学习时间了。然后他们苦笑着离开学校。

他们还询问了死者的祖父祖母(林达的父母不在本地)。按采访时间顺序来说他们排在第三位,但在调查报告中却放到最后叙述。这可能是一种暗示——暗示写报告者已倾向于接受林达祖父对死因的分析。那天,调查人到达林老家中时,客厅里坐满了人,一色是60岁以上的老太太,头上顶着白色手巾,都在极虔诚、极投入地哼哼着。林老急忙把他们请进他的书房,多少带点难为情地解释说这都是妻子的教友,她们在为死者祷告。林老说,他和妻子留学英伦时都曾皈依天主,解放后改变了信仰,但退休后老伴又把年轻时的信仰接续上了。"人各有志,我没有劝她，我觉得在精神上有所寄托未尝不是件好事。可惜她现在所接触的老太太们都只有'低层次'的信仰，她们不是追求精神上的净化，而是执迷地相信上主会显示神迹，这未免把宗教信仰庸俗化了。说实话，我没想到我的老伴能和这些老太太们搞到一起。"

他对爱孙的不幸十分痛心，因为他知道孙子是一个天才，知道他一直在构筑一种叫"天耳"的宏大体系，用以探索超智力，探索不同智力层面间交流的可能性。但在谈到林达的死因时，林老肯定地说是他是自杀，这点不用怀疑。"你们不必为此事耗费精力了。这孩子在死之前来过一次电话，很突兀地谈了些宗教信仰的问题。可惜我没听出他的情绪暗流，事后我真悔呀。"

近两年来，林老的老伴一直在向孙子灌输宗教信仰，常给他塞一些印刷精美的宣传册，不过她的努力一直毫无成效，看得出来，孙子只是囿于礼貌才没有当面反驳奶奶。

"我不知道他为什么突然获得了宗教的感悟，也不知道他为什么讲给我听，而不是他奶奶。"林老缓缓地摇着头，苦涩地说，"我不赞成他信教，不过他当时的情绪相当奇怪，似乎很焦灼，很苦恼。他在电话里说，'我不能忍受冥冥中有一双高高在上的眼睛看着我吃喝拉撒睡，就像我们研究猴子的行为一样。尤其不能忍受的是，我们穷尽智力对科学的探索，在他看来不过是耗子钻迷宫，是低级智能可怜的瞎撞乱碰。这样的人生还有什么意义！'我当然尽力劝慰了他一番，可惜我没听出他的情绪中自毁的暗流，我真悔呀。"林老摇着白发苍苍的头颅，悲凉地重复着。

调查人怀疑地问："他真的会为这种异想天开的想法而自杀吗？"

"会的，他会的，我们了解他的性格。"林老自嘲地苦笑道，"这正是林家的家风，我们对于精神的需求往往甚于对世俗生活的需求。"

调查人告别林老后，下楼时正好看见他的妻子在门口同十几位教友话别，老太太们认真地说"上帝会听到我们的祷告，一定会的，咱们的达儿一定会升入天堂。"两位调查人扭头看看林老，林老轻轻摇头，眸子中是莫名的悲哀。

那个星期六的晚上，戴眼镜的小女孩做完作业，迫不及待地趴到电脑屏幕前。那是父母刚为她购置的光脑。一根缆线把她并入网络，并入无穷、无限和无涯。光缆就像是一条漫长的、狭窄的、绝对黑暗的隧道，她永远不可能穿越它，永远不可能尽睹隧道后的大千世界。她在屏幕上看到的，只是"网络"愿意向她开放的、她的智力能够理解的东西。但她仍在狂热地探索着,以期能看到隧道中偶然一现的闪光。

林达在台上盯着她,林达盯着每一个年轻的听众,他的目光忧郁而平静。这会儿没人知道他即将去拜访死神,以后恐怕也没人理解他这次报告的动机。林达想起了创立"群论"的那位年轻的法国数学家伽罗瓦,他一生坎坷,关于群论的论文多次被法国科学院退稿——那时世界上还没有一个人能理解它。后来他爱上一个不爱他的女人,为此在一场决斗中送命。他在决斗前夜通宵未眠,急急地写出群论的要点。至今,在那些珍贵的草稿上,还能触摸到他死前的焦灼。草稿的空白处潦草地写着:来不及了,没有时间了。来不及了,没有时间了。

他为什么在死前还念念不忘他的理论?也许只有他和林达能互相理解。

林达说过,蜜蜂早就具备了向高等文明进化的三个条件:群居生活、劳动和语言(形体语言)。相比人类,它们甚至还有一个远为有利的条件:时间。至少在1.2亿年前,它们已经建立了有效的蜜蜂社会。但蜜蜂的进化早就终结了,终结在一个很低的层面上(相对于人类文明而言)。为什么？生物学家说，只有一个原因，它们的脑容量太小，它们没有具备向高等智力发展的物质基础。如此说来，我们真该为自己1400克的大脑庆幸。"可是孩子们啊，你们想没想过，1400克的大脑很可能也有它的极限？人类智力也可能终结于某个高度？"

没有人向女孩转述过林达的遗言：不要唤醒蜜蜂。不过，即使转达过，她也可以不加理会的，因为她年轻。

王晋康，科幻作家，中国科幻文学的开拓者和思考者。中国科普作协荣誉理事，世界华人科幻学会名誉主席。获1997年国际科幻大会银河奖、全球华语科幻星云奖终生成就奖、银河奖终身成就奖等奖项。作品风格苍凉沉郁，冷峻峭拔，富有浓厚的哲理意蕴，代表作有《水星播种》《生命之歌》《生存实验》等。

名师大语文

名师导读

　　故事以刑侦故事为外型,读起来格外地吸引人;阅读这个故事仿佛在看电视一般,画面感很强。在阅读的过程中,读者仿佛跟着作者的镜头在一步步地剖开这个神秘的案件。而文章的精彩之处也如同一部好的刑侦电影一样,总是一波未平一波又起,在每一次快要揭开真相的时候又宕开一笔,埋下新的伏笔,吊足读者的胃口。

　　电脑上留下的那句扑朔迷离的文字"养蜂人的谕旨。不要唤醒蜜蜂",是贯穿全文的线索与主旨。即暗示故事与蜜蜂有关,又点出了主人公洞悉人类思维局限和生命意义后的绝望之情。结尾处更有神来之笔,为人类埋下希望的种子。

蜜蜂

　　蜜蜂满天飞舞时,好像并没有什么明确的方向,它们就像没头的苍蝇一样到处瞎撞,遇到花儿就采点蜜。事实上,蜜蜂每次大规模的采蜜活动都有着非常严密的组织性和目的性,在没有确定蜜源的情况下,蜂群的主力部队是不会轻易出动的。它们会先派遣一些侦察蜂在周围探查,一旦发现蜜源,它就会采一些"样品"储存在嗉囊里,每个嗉囊能容纳75毫克的花蜜。它确定好方位后立即回到蜂巢跳起"舞蹈",同时把采来的蜂蜜分给周围的蜜蜂品尝。别看它不会说话,可它跳的舞蹈里隐藏着那块蜜源地的许多信息:如果蜜源距离在50米以内,工蜂就跳圆圈舞;如果蜜源距离在50米以上时,它就或左或右地跳起8字舞。如果蜜源距离更远时,它就跳出镰刀状图形。

工蜂的舞蹈同时显示太阳与蜂巢以及蜜源与蜂巢两条直线的夹角。这个夹角指示飞行方向,而工蜂转圈的频率和腹部抖动的节奏表示到达蜜源地的困难程度。这时,所有"看"到这条信息的工蜂就会蜂拥而出,直奔目的地而去。蜜蜂还有一个连我们人类都叹为观止的本领,就是建造蜂房时显示出的惊人的数学才华。蜂房是蜜蜂盛装蜂蜜的库房,它由许许多多个正六棱柱状的蜂巢组成,蜂巢一个挨着一个紧密地排列着,中间没有一点空隙。1743年,著名数学家麦克劳林得出一个令人震惊的结论:要建造最经济的蜂房,每个菱形的钝角应该是$109°28'16''$,锐角应该是$70°31'44''$。这个结论与蜂房的实际数值恰好吻合!

小小的蜜蜂可真不简单,数学家到18世纪中叶才能计算出来、予以证实的问题,它在人类有史之前已经应用到蜂房的建造上去了。著名生物学家达尔文曾经说过:"如果一个人看到蜂房而不倍加赞扬,那他一定是个糊涂虫。"

思维拓展

  我们从小就了解过进化论,知道"物竞天择,适者生存"的道理。但是在我们以自己生而为人沾沾自喜的时候,有没有想过其实我们作为人类也有自己的局限性呢?如今人们用"演化"这个词替代了"进化",站在地球演化的角度,人类的存在也不过是漫漫时间长河中的短暂一瞬;站在宇宙衍进的角度,人类的发展也不过是浩瀚空间中的渺小一粟,正如林达从蜜蜂身上发现的那样——"蜜蜂早就具备了向高等文明进化的三个条件:群居生活、劳动和语言(形体语言)。相比人类,它们甚至还有一个远为有利的条件:时间。至少在 1.2 亿年前,它们已经建立了有效的蜜蜂社会"。即便如此,人类依然为自己庆幸,庆幸自己具备了向高等智力发展的物质基础。只有主人公林达提出质疑,认为人类的分散型智力永远不能理解上帝的高层面的思维。绝望崩溃的主人公离开了人世,但是希望并没有完全灭绝。故事的结尾,高中生女孩充满热情与好奇地迎接着新兴的网络和日新月异的世界甚至宇宙,以捕捉黑暗隧道中偶然一现的闪光。

  她好奇而无畏,因为她正年轻。

角斗

宝树 / 著

　　示威的尖鸣在蕨丛中回荡,缤纷的羽毛炫耀地舞动,一条长尾灵活地甩动着——一只超过四米长的"怪鸟"低下头,对着猎物凝视了片刻,它那镰刀般的脚底,孱弱的猎物在血水中逐渐停止了挣扎。

　　那是一个毛茸茸的小家伙,虽然已经死去,大大的、惊恐的眼睛却还睁着,看上去就像一只老鼠。怪鸟并不认识老鼠,但它对这种猎物十分熟悉,这是它日常菜谱的主要食物。如果它有知识,会知道猎物是始祖兽,最早的哺乳动物之一，老鼠、大象和人类共同的祖先。

但怪鸟对猎物的身份毫无兴趣，它低下头，张开半米的长吻，用森森利齿将猎物还温热的躯体撕扯开来，馨香的血腥气四溢。它已经三天都没有进食了，这一餐来得十分及时。怪鸟本可以将猎物毛茸茸的身子一口吞下，不过另一种更深刻的本能抑制了这一强烈的欲望，令它食用了几口后就叼着猎物的残躯，晃过苏铁树的丛林，走向自己的家园，那里，几只刚刚出生的幼崽正嗷嗷待哺。

而它根本没有也不可能发现，几十位不速之客正跟在它背后。

"真是不可思议！"一位老先生感叹说，"原来恐龙是这个样子的！就像一只大鹰一样！"

"至少很大一部分恐龙是这样的。"托尼·布朗告诉他说，"它们是鸟类的近亲，浑身披着羽毛，捕猎方式也和鸟类接近，当然，有那种像狮子一样大的超级巨鸟，比如我们面前的恐爪龙。"

"你们是怎么复活它们的？"一个胖太太问，她显然对一开始的介绍根本没听。

"根据基因还原算法。"托尼耐心地说，"就像我刚才说过的，鸟类是恐龙的后裔，因此鸟类中隐藏着恐龙的基因，只不过很大一部分都变异或者失效了。另外，鳄鱼也是恐龙的近亲，通过对比它们的基因，我们就能够猜测出恐龙的一部分基因结构，剩下的通过复杂的演算，模拟出类似已知恐龙的形态……"

当然，说到这里已经没人愿意细听了。人们只是说笑着，跟随恐爪龙的步伐在中生代的丛林中漫步。

恐爪龙似乎发现了什么，回头扫视了一眼。旅行团中的几个小姑娘不禁发出惊呼。

"不会有事的，"托尼安慰她们说，"首先我们有全隐形光学系统，恐爪龙不会发现我们的任何踪迹，看不到我们的人，嗅不到我们的气味，连我们说的半个字都听不见。其次我们还有智能防护力场，就算这家伙全力冲过来，也会被一堵看不见的墙隔开的，更不用说整个公园内部的监控报警设备了。"

前方，恐爪龙骤然发出一声愤怒的嘶鸣，浑身的羽毛都好像炸开了。所有人的目光都被吸引上前。托尼的嘴角露出一丝微笑：最精彩的好戏开场了。

恐爪龙的窝巢边，稚嫩的羽毛落了一地，血迹中落着几根尾巴。一只奄奄一息的幼龙正被一头前所未见的野兽叼在嘴里，正如恐爪龙叼着那只始祖兽一样。

那只野兽长得和始祖兽有三分类似，但却要高大多了；浑身黑黄条纹，如同一只大虎；四肢着地，头部颀长如狼，竖着尖尖的耳朵，叼着幼龙的嘴里露出尖锐的犬齿，腥臭的涎液从嘴角往下滴落。

"这是一只鬣齿兽。"托尼说，"如果恐爪龙有知识的话，会感到惊讶无比，因为这只野兽是始祖兽的直系后裔之一，生活在距我们的时代5000万年前，也就是它的时代的7000万年后。想想吧，它必须活7000万年才能和一只鬣齿兽相遇，而今天，它们却在这里，在罗彻斯特动物园进行跨时空的角斗！"

恐爪龙发出愤怒的鸣叫，飞扑向鬣齿兽。鬣齿兽也发出一声嘶吼，奋起四足，向前扑来。它同样也饿了许多天，刚才的几只幼龙只不过够它塞牙缝而已，而今大餐来了。

"根据测量，鬣齿兽下颌的咬力超过6700牛顿，而恐爪龙只有2668牛顿，不过没关系，它还有别的武器……"托尼继续解说着，而此时两只野兽已经激烈交战了起来。

恐爪龙浑身的羽毛张起，如同孔雀般威风凛凛。它的前肢长满长羽，很像翅膀，但仍有大型的手爪。它猛地一掌抽到鬣齿兽凑近的脸上，鬣齿兽的脸上出现一道血痕，发出了一声吃痛的怒吼。恐爪龙像一个灵活的拳击手一样快速出击。鬣齿兽闪避着，战斗意志逐渐低落了。

"不同时代的猛兽角斗是罗彻斯特史前动物园的特色节目。"托尼对他的听众们说，"每年吸引了几百万名游客。有关的三维视频你们在网上想必都看过了，点击量常常达到几亿次以上。今天大家可以走近了观察，对，我们可以走到它们边上去，放心，有防护力场，它们伤害不了我们的。

"这只恐爪龙，是我们动物园的明星。它已经在七次战斗中获胜了，它的对手包括异特龙、劳氏鳄、短面熊和巨猿。当然，鬣齿兽也不差，它击败过袋剑齿虎、恐猫和奥卡龙，所以可说是棋逢对手，啊，你们看——"

鬣齿兽逮住了一个空隙，整个身体猛扑了上去，将恐爪龙压倒在地。它的身体比恐爪龙重得多，一时让恐爪龙难以脱身。它不理会恐爪龙手爪的拍打，一心咬向恐爪龙脆弱的脖颈。

它几乎已经咬到了——但恐爪龙随即一记猛蹬，镰刀般的后肢趾爪——它正因此而得名——像尖刀刺入纸张一样刺透了鬣齿兽的肚腹，随即反复抓挠起来。

鬣齿兽发出惊天动地的惨嚎，它的身子滚向一边，离得近的游客们看到,它的肚子已经被撕开了一个大口子,一截血淋淋的肠子挂在外面。如果是在自然界中,它已经活不了了。

鬣齿兽忍痛爬起来,在求生本能的驱使下向远处逃窜。恐爪龙却又站起来,扑腾着带羽毛的前肢,跳到鬣齿兽的背上,打算彻底干掉这个庞大的对手,不,现在已经是猎物了。

随着托尼的一个手势,一道银光从远处飞来,在恐爪龙有任何反应之前就刺进它的身体。恐爪龙的意识涣散开来,它从鬣齿兽的背上跳下来,蹒跚了几步,就一头栽倒在地上。

"战斗结束了。"托尼说,"我们要给它们去治伤,培养这些角斗士可不是容易的事啊。"

"这就完了?"一位游客略感失望,"你们海报上霸王龙和棘龙打架的场面呢?下面有吗?"

"抱歉,那不是常规表演,"托尼说,"我们只有一只霸王龙,上次那只棘龙被咬死了,新的正在培育站,至少几个月后才能出场,如果您对这场表演感兴趣的话,可以关注我们的网站,上面会实时更新猛兽角斗信息。"

人们纷纷发出失望的声音。

"其实防护力场经不起霸王龙级别重量的撞击。"托尼告诉不满的观众们,"所以即使有也只能在远处观看,观赏效果不免大打折扣。不过如果大家有兴趣的话,下面在海洋馆还有一场精彩至极的水下搏杀,一场跨越三亿年的海底巨人之战:白垩纪的沧龙对泥盆纪的邓氏鱼!我的同事迈克将继续为大家解说……"

游客们离场了。鬣齿兽也被拖走,送回自己的领地去治疗。苏铁林中只剩下托尼和他负责照料的恐爪龙。这次它伤得并不重,不过脖子还是被咬破了,而且有几处擦伤,掉了不少羽毛。这个状态肯定没法投入下一次角斗。

托尼等了十分钟,医生来了。事实上那只是自动车上运来的一个金属小罐,托尼娴熟地按了几个按钮,从喷头中喷出了淡蓝色的烟雾,落到恐爪龙的几处伤口上。那是一种纳米机器,可以根据智能程序进行身体修复,并可以在几小时内催生新的羽毛。

恐爪龙的头部则被注射进另一种纳米机器,它们可以在海马体中注入某些化学介质,以消除恐爪龙最近的记忆。这位角斗士的经验和记忆必须被严格控制在一定的范围内,才能在角斗中形成最佳的战斗效果:那种母亲看到自己子女被吃掉的愤怒必须不断地被再造出来,才能让一只大鸟忘却一切本能的畏惧，投入战斗中。当然啦，那些"幼龙"只不过是道具而已。

按照工作流程托尼应该一直看护着自己的斗兽。不过他很快就待烦了，看看没有什么异状，托尼在林中漫步起来。他信步走到水边，点上一支雪茄，望着远处星罗棋布的群岛。这是休伦湖的南部，湖上有几百个人造岛屿，每个都模拟某种史前的生态环境，养着一个史前动物群，其中占统治地位的都是某种猛兽。它们都以为自己生活在自己的时代。这些岛屿漂浮在水面上，可以移动和相互连接。当它们连起来时，跨越亿万年时光的史前霸主们，就在这里相遇了。

一部宏大的地球进化史。托尼想，那些昂首阔步、自以为不可一世的霸主们，啸傲丛林不知几千几万年，岂能想到它们只是无尽时光中的匆匆一瞬！在它们之前的洪荒岁月中，有无数同样强悍的巨兽存在，而在它们之后，更有新的有力物种接替它们的位置。这些怪兽们在地球的历史上从未相遇过，也不知谁高谁低，但人类却让它们复生，彼此大战，看看谁才是真正的强者。

雪茄抽完了，托尼走回森林中，想看看恐爪龙怎么样了。不过地上除了几只幼龙的"尸体"外，恐爪龙已经消失了。这家伙到哪儿去了？

答案很快揭晓，在托尼身后，一声熟悉的鸣叫陡然响起。托尼转身，看到恐爪龙鲜艳的羽毛竖起，盯着眼前的场景，看上去狂怒无比。它显然是在清除了记忆之后，又看到了自己的孩子们被杀的惨状。按程序这些道具应该被自动清除记忆换掉的呀，怎么还在这里呢？

恐爪龙喷火的眼珠望向托尼。托尼不由毛发直竖。

这不对劲，托尼想，它不可能看到我的，公园有全方位的隐形系统，难道失效了吗？出了什么岔子？

他试探地踢了一脚身边的苏铁树。没有防护力场。他的脚尖狠狠地撞上了树皮。一阵钻心的痛。

恐爪龙伸直了脖颈，向他迈近了一步，像一只硕大无朋的鸵鸟。这只"鸵鸟"可以轻松杀死一头狮子。

发生了某种意外。托尼紧张地想，各种保护系统暂时性地失效了，没关系，救援人员会很快赶到的，照理说，智能监测系统应该已经发现问题并向恐爪龙发射麻醉针了，难道……

托尼摇摇头，甩掉了荒诞不经的想法。现在不是胡思乱想的时候，他必须战斗了，靠他自己。他很熟悉恐爪龙的习性和战斗模式，知道自己无法逃脱，一旦掉头跑，这只大鸟会立刻跳到自己背上，用脚上的镰刀把自己的脊椎挖出来，他只能和这个强敌正面交锋。恐爪龙大概有80千克重，比他略重了几千克，基本上还是一个数量级的。它的牙齿、手爪和趾爪都是强有力的武器，一米多长的尾巴也颇有威慑力。而他，托尼，虽然并没有任何和动物搏斗的经验，但是酷爱空手道和柔道，而且经过基因优化，体能上处于人类的巅峰状态，并且拥有它不可能具有的智能。只要避开它最可怕的趾爪，然后骑到它的背上，就可以——

恐爪龙张开双臂，长鸣着向他大步奔来。托尼深深吸了口气，也大叫着冲向这个疯狂可怖的强敌。

在托尼身后，他看不到的地方，几百个小鼠人看着一亿年前的裸猿和恐龙的角斗，发出欢呼声，兴奋地拍打起它们的小尾巴。

宝树，科幻作家，著有《时间之墟》《七国银河》等五部长篇小说，已发表约百万字中短篇作品，并出版多部选集。屡获华语科幻星云奖、中国科幻银河奖的主要奖项，多部作品被译为英、日、德、意等外文发表。主编有科幻选集《科幻中的中国历史》等。

名师大语文

名师导读

通过大胆的想象,作者笔下的人类制造了人工岛屿群,把不同时期的恐龙放在一起进行角斗,以此作为旅行团的一大卖点。在游客面前,毫不知情的恐龙们展开了一场又一场激烈又震撼的"霸主争霸"。而借助主人公托尼的言行,让我们知道这一切的实现得益于基因还原算法,一个个曾经的"陆地霸主"如今就像马戏团用来表演的动物一般,既要为了满足游客的猎奇心态而战斗,又要为了"工作"而被抹掉记忆,一次次重历那痛苦的过程。托尼的身份类似导游,也类似管理员,是看客的一员,似乎凌驾于恐龙之上。然而,突然有一天,托尼却意外发现自己置身于角斗场,身旁的恐爪龙正虎视眈眈地望着他,孤立无援的他只能和恐爪龙展开殊死战斗。在托尼看不到的地方,几百个小鼠人在兴奋欢呼。

至此,看客的身份发生了令人讽刺的逆转。

克隆

生物的繁殖方式一般有两种，一种是无性繁殖，一种是有性繁殖。自然界中的较为高等的动物基本上都是通过有性繁殖来产生后代的。

克隆技术就是通过人工操作来实现动物的无性繁殖。由同一个祖先的细胞分裂繁殖而形成的纯细胞系，该细胞系中每个细胞的基因彼此相同。克隆也可以理解为复制、拷贝和翻倍，就是从原型中生产出同样的复制品，它的外表及遗传基因与原型完全相同，但大多行为思想不同。

但克隆与无性繁殖又有所不同。克隆是指人工操作动物繁殖的过程，无性繁殖是指不经过两性生殖细胞的结合，而是由母体直接产生新个体的生殖方式，常见的有孢子生殖、被子生殖、出芽生殖和分裂生殖。例如，由植物的根、茎、叶等经过压条、扦插或嫁接等方式产生新个体叫无性繁殖，而绵羊、猴子和牛等动物没有人工操作是不能进行无性繁殖的。

现实中，克隆出一只恐龙需要哪些条件呢？恐龙的基因、卵细胞是必需的，最后还需要恐龙妈妈把恐龙蛋给生下来。实际上我们无法从诸如琥珀这样的化石中提取出恐龙的基因，因为基因的半衰期只有521年，所以化石中的DNA无法保留下来。也就是说，即使琥珀中的恐龙化石保存得再完好，只要超过680万年，DNA就会分解得干干净净。所以目前来说克隆恐龙是不可能的。

思维拓展

　　文章的细致描写与大胆想象十分精彩,也让文章的深度一下子得到了升华。形形色色的恐龙角斗的场面描写栩栩如生,托尼轻描淡写的描述又让一切显得顺理成章。结尾处托尼身份的转换其实也是一次时空的转换,但作者没有刻意强调,而是将一切巧妙地蕴藏在一次意外的背后,让读者在毫无准备的状态下发现真相,拍手叫好。

　　"这是一部宏大的地球进化史。那些昂首阔步、自以为不可一世的霸主们,啸傲丛林不知几千几万年,岂能想到它们只是无尽时光中的匆匆一瞬!在它们之前的洪荒岁月中,有无数同样强悍的巨兽存在,而在它们之后,更有新的有力物种接替它们的位置。"在地球万古进化的过程中,谁才是真正的强者呢?作者提醒我们不要扬扬自得,对于大自然和地球而言,人类也不过是渺小的存在罢了。

　　故事的结尾更加耐人寻味,作者的笔锋一转,一个新的故事开始了。大家在阅读的时候不妨查阅了解一下文中提到的几种恐龙的形态和特点,再读起来更能感受到作者刻画的细致。也可以拿起笔,大胆地创编下去。

解冻

孙望路 / 著

    他觉得自己一定是生病了。

    但有的人连续病了几十年,也就不觉得是病。他印象里老姜才出事故的时候,天天哭天喊地地说手废了干不了活儿,要去做伤残鉴定。现在老姜扫地、搬东西,外加修理设备,麻利得很,还上蹿下跳地要给他撮合对象。不管是啥毛病,习惯了都没问题。

    孤单也是一种病,习惯就好了。

    他看着胸口新换的名牌,都用上纳米芯片了,光溜的外表和舒适的造型平添了高端的气息。然而那张证件照还是一如既往地难看，下面用宋体字标着界定他人生的东西——"章梓轩副研究员"。副研究员，就是他在中心干了20年得来的东西，但也许过一段时间上面的副字就将被拿掉。但这对他的人生来说，似乎一点意义都没有。反正，他一个人也花不了什么钱，没结婚、没孩子也没有经济压力。

很多同事一开始还会各种张罗着给他找对象，但等到听闻几次惨烈的失败之后，再也没有人提起这件事情。在他们的心目中，章梓轩也从年轻有为的新人逐渐变成了口味刁钻、性格奇怪的同事，再后来变成了似乎很有钱的钻石王老五，最后变成了疑似无性恋的单身中年人。

当然，这么多年过去了，也就只有一个人没有放弃他，那个人就是老姜。

老姜其实不是个文化人，只不过多干了几年活，对一些仪器略通，能进中心干杂务也是托不知道哪个亲戚的福分，反正他一直没告诉过章梓轩。但这不影响他们俩交朋友，两个人喝起酒来，或者玩起来也是一头的劲儿。

老姜总是在喝酒喝到一半时半开玩笑地对章梓轩说："知道为啥我最初和你交朋友？中心那么多人，凭啥我就觉得你能和我玩到一起呢？"

每当这时候，不管章梓轩是故意装作不知道还是觉得厌烦了想要换个话题，老姜都会伸出手，放在他的肩膀上："老章，你别说。当初就因为我觉得你对我媳妇儿有意思，她还说看得出来你是个深情的人。你说这情况，我怎么能放心呢？那肯定是敌进我退，敌退我追，敌驻我扰，敌疲我打。只要她和我不在一起的时候，我就总和你一起玩，不就能放心了吗？"

"省省吧，我只是觉得她有点像一个人，其实也就只是眼睛像。你媳妇儿和你是绝配，哪里有我什么机会？从她才进中心，你们俩就奸情火热了吧！"他也是借着酒，随意发挥，说点不温不火的胡话。

老姜嘿嘿嘿地笑着："那当然。"

不过，有的时候老姜喝多了，也会撒酒疯。有一次，他把酒杯拍在桌子上，恨铁不成钢地瞪着他："老章！你就不是那种对女人无动于衷的人，虽说你吧，平常对女性冷冰冰的，相亲的时候说话不注意也忒不是东西，但你看女人时眼神的波动还是有的，那是骗不了我的。快说，你丫的到底是哪道坎过不去？是心里住了个人呢？还是器官有问题？真有问题也不怕，那谁我同学不就在医院的男科，肯定给你好好治!"

不过,每当出现这种情况,章梓轩就记不得后面发生了什么,因为他和老姜的酒量是半斤八两。老姜不行了,多半他也断片了。反正他肯定是没有说出来为什么。

每天下午,章梓轩进行例行检查。由于中心在十年前进行了一次升级改造,现在进入核心放置区域已经不需要穿厚重的防护服。

他随身带着各种测量工具,还有记录工具。在日复一日看不到头的工作中,这是最繁琐但却最轻松的一部分了。

她,很美。

从第一眼看到她开始,他就深深地迷上了她。无色的液氮在循环系统中缓慢地流动,锡箔模样的薄膜紧紧地贴在人体上,显露出姣好的身材曲线,让这具身躯拥有蒙娜丽莎一般的迷之美感。玻璃由于某些原因被特意做成蓝色,忧郁的颜色给她加上了一层神秘的色彩。

11号,她就像薛定谔的猫。虽然从外表上和猫没有关联,但她的状态确实和那只可怜的猫一样,不生不死。

他从26岁开始就一直看着那具冰冻的躯体,在年轻的岁月里,有种感情让他决定留下来。他日复一日年复一年地维持冷冻中心的研究工作,放弃了更好的机会。经过20

年的洗礼,他从青年人变成中年人,终于明白那种感情。

章梓轩拿出光谱测量仪,对准冰冻的人体。在薄膜的周围,有某种絮状结晶。这种结晶已经出现几年了。当时结晶最先被他的前辈发现,让所有人都兴奋了好一阵子。结晶究竟是什么?中心的所有人都很感兴趣,但是他们并没有方法取出来进行验证,只能通过频谱不断地比对研究,然而到目前为止没有任何一个人宣布研究的结果。

而他的专业方向更多倾向于身体机理,对于色谱色相分析倒不是很擅长。

"老章,还没测好吗?"

仿佛小孩子做坏事被撞破,章梓轩被身后的声音吓了一大跳,手一滑,测量仪和地面进行了亲密接触,发出一声脆响。

"啊……"他发出一声惊呼,急忙捡起测量仪,查看是否有损伤。按理说,高精度的仪器一般都比较脆弱。

"没事吧,老章。感觉每次叫你,你都要惊讶好半天。我有那么吓人吗?"那人一把夺过仪器,往身上一扫,然后看着结果说:"没问题。"

章梓轩挤出一个微笑:"没没……你总是突然出现。刘瑛,你说没问题我就放心了。"

刘瑛是中心近几年为数不多的新人。因为国家乃至国际上对人体冷冻的关注度下降，中心的福利待遇和研究经费早就在下降了。在这种情况下，大多数年轻研究者都不太看好中心，即便招聘来的也是混日子的，唯独她干劲十足。

他很早就在怀疑她的用意，也许她和某个被冻的人有亲缘关系？但他从不去问，因为她不仅兢兢业业，而且在仪器设备方面有着很独特的本领。他发现自己的目光也总是落在她的身上，一旦一个男人对一个女人产生了好奇……

咳咳……章梓轩用咳嗽打断了遐思，说："有什么事吗？"

她说："忙完了赶快去开会，老大好像有好消息要宣布。"

"是吗？"章梓轩十分怀疑。他的怀疑是有道理的，因为最近几年中心宣布的最大好消息无非就是明年的奖金暂时不会下降。

她俏皮地一蹦一跳，走在他前面："绝对是特大的好消息。"

中心的大会议室紧挨着体育馆。大会议室能容纳1000

人，足够胜任任何类型的学术会议。但是，例外也不是没有。据说当年中心才建立的时候，各种国际组织外加政府官员还有学术界人士济济一堂。因为人数太多，前来听汇报的记者只能选择坐在地上。那一次建成汇报会甚至差点引起踩踏。

事后，中心的主任直抱怨说建小了，申请资金要求扩增。上头一听说这事儿，立马就批准了。但中心的大会议室又不能拆除重建，于是设计者想到一个好主意，把顶层的圆弧顶进一步加固，然后在墙上等地方加上悬挂的阳台式座位，仿佛音乐会当中的高级雅座。

而如今，空旷的大会议室很难再现当初的繁华。稀稀拉拉的研究者们和技术工人甚至厨师、杂务工、宿舍管理员一起并肩坐在前排。中心可能是国内少见的、成功实现职业零歧视的科研单位。

刘瑛去和姑娘们凑一块儿，而章梓轩和老姜他们坐一块儿。

老姜对着他说："我说那姑娘不错吧，你要不试一试？我看你最近也总是看她，是不是有意思？"

"她，有点像……"

老姜拍了拍他："像什么？人家姑娘水灵着呢，你梦想中的姑娘早就面黄肌瘦了，能一样吗？再说你喜欢人家，人家还不一定喜欢你。要不要我帮你去说道说道，我老姜的嘴，宇宙第一。我家娘们儿总说不担保、不做媒，可我这心思就是闲不下来。"

"得得，老姜你悠着点，嫂子在看你呢，看主任一会儿要说什么。"他已经看到孙主任了。

孙主任一瘸一拐地走上讲台，先天性的腿疾伴随他一生。他总觉得主任是特意没去人工再造，就是因为病久了，习惯了。

主任是一名典型的学者，但是绝对不是好领导。如果排除这些一贯印象，章梓轩对他可就没有其他了解了，因为他太过沉默寡言，而且在新成立的另一家国家中心有职务，除了开会之外很少和人交流，就算学术方面的交流也大多通过网络邮件。

孙主任拿出一沓薄薄的演讲稿，表现得像一名腐儒，但说话却是异常简洁："今天，我说一件事。"

下面的人猛烈鼓掌，为主任开头的简洁叫好。

主任示意大家安静："今年涨工资，加奖金。"

孙主任刚说完这句话，就感觉下面的气氛隐隐有些不对，竟然连掌声都没有。他从厚实的仿古玻璃眼镜中扫视众人,发现众人的表情千奇百怪。

"头儿,我没有听错吧?涨工资还是奖金?"敢直接当面叫头儿的肯定是老员工,声音来自章梓轩旁边的老姜。

主任说:"涨工资。从本月开始,搞技术的每月加800,其他工种加500,绩效怎么加另算。如果成绩好,奖金也会浮动上调。"

会场爆发了一阵欢呼声,无论男女老少,兴奋得互相拥抱。幸福来得太突然了,老员工们曾经以为不会有这一天来到。

章梓轩忽然想到一个月前才调走的某人,他要是得知这个消息会不会后悔呢?大概不会吧,即便一时涨了工资也不能说明什么,反倒有点像是大家伙临走之前分家产的感觉。想到这里,他坐回了座位,停止了无意义的欢庆。

俗话说,事出怪异必有妖。

主任尴尬地咳嗽一声,阻止众人欢呼的感人场景:"中心里面有几个冰冻超过30年的标本?"

标本?这个说法让章梓轩略微不满。他想也不想:"就一个。"

主任继续问:"小章,那超过20年的呢?"

20年?他搜索了一下记忆,发现自己也回答不上来。

就在他尴尬得直挠头的时候，刘瑛替他解了围。她说："一共七个，四男三女。其中一男一女被冰冻时还处于少儿期，有二男一女冰冻时已经达到老年期，剩下来的一男一女还处在青壮年。"

有人趁机查了一下数据库，发现她说得完全没错。就连一向面无表情的孙主任都表情大变，满是欣赏之意。如果不是知道主任的为人，大家伙都快怀疑他事先和刘瑛串通好的，故意要提携她呢。

可是俗话说，人怕出名猪怕壮。章梓轩在佩服之余也为刘瑛捏了一把汗。孙主任说："带我去看看这些标本，所有技术员和我一起去，其他人可以散会了。刘瑛，你带路。"他特地把标本读成重音。

大家稀稀拉拉地跟着主任，一边讨论揣测大出风头的刘瑛将来会如何发展。大家走马观花，仿佛是进花园游览一般。不过，实际上他们对这里都太熟悉了，完全没有新鲜感。

刘瑛为主任解说各个冷冻人的生平。

主任最先在五号旁停了下来，从骨骼上就可以看出，那是一个男性。

刘瑛说："五号，李存翰。他在发现癌细胞扩散后，不得不选择了冷冻。在他的人生中，最主要的贡献是为爱心基金捐款300万，当然，这些钱也主要是他父亲的。"

"所以，他实际上是个富二代。"主任眯起了眼睛，眼中有精光闪过，"刘瑛，一周内去民政部调查一下，他是否还有亲戚在世，如果在世，情况如何。"

刘瑛连连称是。

而章梓轩本能地感觉到了一丝不舒服，说不清道不来的不舒服。

最后，所有人都站到了最后一个标本面前。那是所有标本里面最美的，即便是被冷冻了，她的体态依旧完美地保存了下来。章梓轩再次看到了她，同时听到同事的闲言碎语，总有种她的休息被打扰到的荒谬感。

孙主任再次问话。

刘瑛说："11号季潇湘，女，被冻时25周岁，青年艺术家。她是自愿参与冷冻计划的。她在申请中写道：冷冻，仿佛凝结了时光，保留住美。被束缚住的女性身躯，仿佛在爱情和现实中挣扎的女性。总之，她觉得冷冻也可以是一种行为艺术。"她的声音就像一盆冷水，把章梓轩从遐想中唤醒。

一个健康的女性，参与冷冻研究计划，即便是在外国也是无法想象的。在场的人大部分都知道，当初中心同意接收她也是冒着很大的风险和争议。有很多后来看起来很荒唐的事情，在当时却显得正常得多。

孙主任十分满意地点了点头，喃喃道："有争议的人啊……那么她的家庭情况，你去查查。"

刘瑛却没有答应，而是直接回答："她应该已经没有直系亲属了。虽然有一些旁系亲属，但已经移居国外。"

"这样啊。"主任很满意，自顾自地点了点头，"很合适。"

章梓轩仿佛感到了一股寒流，究竟什么很合适呢？刘瑛怎么对她如此了解呢，而且唯独是她？

众人回到会议室。主任的话如同晴天霹雳，掀开了整个中心的和平安宁："我们要解冻标本。"

一石激起千层浪。老资历的研究者们第一反应就是："千万不能啊，技术还不成熟！"

孙主任面色淡然，仿佛早就料到了他们会这么想："以现在的状况，难道我们在几十年后就能有技术解冻他们吗？"

众人无言。

主任用目光扫视众人："我当主任不合适，就是瞎子都看得出。我不多废话，这是中心的机会，但也是挑战。上面的人在整理材料时突然想起了我们，如果这两年做不出成绩，那中心可就真完了。"

"怎么做出成绩呢？"某人追问。

主任扫视我们："解冻，起码必须解冻一个人。"

所有人无法理解解冻为什么是机会，除了刘瑛。她一脸淡然，看不出表情。

主任点头，仿佛给大家打气："对，解冻。而且，我们有一到两个很好的目标。"

天呐！章梓轩感觉心脏怦怦地猛跳，他忽然明白主任的用意了。那一到两个很好的目标，肯定包括他的女神——11号。

主任补充说："青壮年，身体会比较好恢复一点。我们中心研究了几十年，理论上可行的方案也是有的。"

怎么可能有那种东西？章梓轩口中干涩，有种想说话却说不出的感觉。

主任不在意其他人的眼神，继续说："我特地做了几轮模拟，肯定没问题的。"

所有人盯着主任看，这一盯让他的老脸突然唰地红了。他急忙补充："肯定能行。"

终于有人跟着附和,坐在前排的老黄说:"嗯嗯,应该能行,你们说是不是?"

章梓轩终于忍不住了:"什么叫应该能行?主任,请把你做的模拟,方法、数据、过程给我们。我们需要几天时间,会同医学专家检查一下才能确认。"

"老章你别不懂事,主任在这方面可是权威的专家,他懂的难道能比你少?"老黄阴阳怪气地说着。

章梓轩横了老黄一眼,没有理他:"主任,我不是怀疑您,但老实说,我看到过的任何方案都没有切实的依据。我很好奇,请您解答我的疑惑。"

主任的脸由红到青,由青到白:"老章,今天你的状态不对啊,刚刚问你话,你都没答出来。现在和我扯什么切实的依据,如果需要依据,解冻一个不就有实验依据了吗?"

"可是……如果选择的方法不对,解冻出错,里面的人就永远都活不过来了啊!我们怎么能这么对待他们呢?"

主任冷冷地说:"我说过了,它们都是标本。"

"标本?"章梓轩突然有点站不住,他缓缓地往后退,"不不,不是标本。他们还是活人!"

老黄一把架住他,说出了大实话:"老章,你今天是中邪了吗？它们从来都只是标本啊。从签订协议的那一刻，他们的生命早就不属于自己了。他们就是下了个赌注，但是我们从来没保证过，一定能让他们活过来啊！"

章梓轩一屁股坐在地上，狼狈不堪。他转向最后一个可以指望的人："刘瑛，你认为技术上解冻有可能成功吗？"

刘瑛很肯定地点头："有可能。"

他的心凉了半截，但还是继续询问："你认为他们到底是人还是标本？"

她和他对视，他看到了那种近乎残忍的决绝。从一开始他就看错了她，刘瑛是一个比想象中还要现实得多的人。

她说："你非要我说，我认为还是更像标本一点，他们冰冻的原因千奇百怪，但大部分都是无法继续活下去，于是打了一个赌，指望去未来享受生命的快乐。如果说这些冰冷的东西有生命，我会感到不舒服的。"

章梓轩被彻底击溃了，他跌坐下去，仿佛站不起来，眼神迷离。此刻，他的意见如何已经不重要了。在这个小集体里面，他本来就只有随波逐流的份儿。不会有任何人阻拦主任的决定。

饭桌上，章梓轩板着脸，一言不发。这顿饭吃得很是沉闷，就好像红汤火锅没放辣椒。到后来，他忍不住了，举起酒杯和老姜猛喝。

这顿酒喝了很久，两个人都超常发挥了。

老姜愁眉苦脸："老章，我看到照片了。你这么一说，我老婆和11号还真有点像。原来你心里藏着的人是她？"

"她？你这指代不明。"

"你就甭跟我咬文嚼字了。要我说，你和那季潇湘肯定有问题。她都被冻了这么多年，哥们儿你够长情的啊！我是真心服你！"老姜打了个响指，示意服务员再来瓶二锅头。

章梓轩把酒杯中的残酒一饮而尽："来，再倒。老姜，你知道我最不爽你哪一点？你就是话太多，少说一点能死啊！"

于是，两个人又默默地喝了起来。

然后两个人都不说话，也不动，仿佛水烧开前的宁静。

"她是我发小。"章梓轩想再喝一口，却发现连杯子都拿不稳了，"她的父母走得早，他们走后，我父母经常照顾她。"

"难怪了……"

他粗暴地打断了老姜的话："别说话，听我给你说。我也不知道她为什么会那样？我出国之前，一切都还好好的。她说会等着我回来，而且一直都会是最好看的样子。为什么事情会这样？为什么？你能告诉我为什么吗？为什么那些白痴能批准她加入冷冻计划呢？"

老姜看着他手舞足蹈："我不知道，但是老章，你和她的做法难道不是一样吗？她冻了自己的身体，你冷冻了你的感情，难道能有什么区别吗？这么看来，我反倒支持孙主任的决定了，看起来草率，但他是在救你！"

"救我？你在逗我吗？他那是杀人！现在技术不成熟，不成熟好吗？"语毕，他几乎要扑到老姜身上。不过饭店是不会放任两个醉鬼撒酒疯的，自动机器人将两个人架住，用专车送他们回住处。

一觉醒来，章梓轩觉得自己快要死了。脑袋很疼，完全无法集中精力。究竟有什么办法呢？他爬了起来，收拾秽物。

就在这时，老姜来了一个电话："昨晚我想到好主意了！"

"你昨晚除了白话吹牛皮，还能想到过什么狗屁主意！"他想都没想就呛了回去。

"真的是好主意。"

他竖起了耳朵,期待老姜的主意。

中心决定解冻了,不过第一个样本却不是她。

章梓轩看着蓝色玻璃后的她,情不自禁地伸出了手。即便是现在,她的姿态依旧如此美丽,也许比冰冻之前还要美丽。他不明白为什么单单对这个女人着魔,多年未婚的真相实际上就是如此简单。

如果父母知道真相,他们一定会崩溃的吧?

他的手在玻璃上留下了油脂的痕迹,只需要轻轻涂抹两下,就像是画了一只蝴蝶。他希望,困在蛹里面的不是死去的毛毛虫,而是一只展翅欲飞的蝴蝶。

"她很美。"

"嗯。"他下意识地回复,转瞬间发现了自己的失态,"刘瑛?"

刘瑛那张小巧的瓜子脸上露出了两个酒窝,发型也从飘飘长发换成了短发,显得更加娇小可爱:"是我。她比我漂亮吗?"

章梓轩很艰难地点了点头,心念一时慌乱。在并不长的人生中,他还是第一次遇到这样的提问。他越发觉得她是个充满魔力的人,轻轻一句就能让人面红耳赤。

她轻轻低下了头，斜刘海挡住了她的眼睛："是啊，我爸说过，她比艺术品还要艺术。"

"你爸？"他顺势问过去，以为她可能想要倾诉。

"我爸也见过她。"她背过身，"我知道你很不喜欢主任的决定，但他有苦衷。"

他沉默了，心里隐隐在抵触。他看向玻璃后面的她，仿佛在征求她的意见：终年被困在这里的你，又有什么期盼呢？他喃喃道："刘瑛，你对她究竟了解多少呢？"

刘瑛没有回答他，只是呆呆地望着11号。

他悄悄地把手伸过去，握住了刘瑛的手，而她竟然也没拒绝。气氛变得奇怪起来。

章梓轩脸红了。他说："刘瑛……我觉得你会答应的。"

"什么？"刘瑛转过头，好奇地打量着他，眼眸中一丝妩媚在流转。

"我们可以偷一些先解冻。"他如是说。

"偷？"刘瑛一把甩开他的手，"你在想什么？"

"你来的不够久。基地有一些动物'标本'。"章梓轩看向基地的深处，说起标本二字总让他不舒服，"很多人恐怕都忘了它们。如果非要解冻不可，我们可以偷一些出来，实验一下。"

她长长地叹了一口气，仿佛无可奈何："你知道它们在哪里吗？"

"知道，但需要你的帮助。我们需要孙主任的印章和账户密码。你能拿到吗？"

她点了点头："我知道了，我会帮你的。"说完这些，她直接走了出去。

章梓轩长出了一口气。

一天之后，老姜带着假命令来到存放库。存放库的人查了20年前的资料才知道那些东西的存在。他们根本就没验证命令的真假，反正一般人也不可能知道这些东西。几乎所有的动物纲类都有代表动物。它们原本是被当作参照研究物保存的，而此刻却是他们的希望。

至于实验地点，老姜帮忙启动了基地地下多年未用的小无菌实验室。而为了掩人耳目，刘瑛和章梓轩先后请了病假，却在晚上偷偷留在基地里。

这可苦了老姜，因为他得装作自愿加班，要不然没机会给两个人带食物。他嘟囔着要求事成之后要请他好好吃饭。

章梓轩第一次体会到无须确保成功率的轻松感。他一口气在几只白鼠身上一一实验了主流方案。他发现其实最大的问题是刚解冻时的大出血，这样即便解冻成功了，被解冻者也必将死亡。

虽然确实没有一只白鼠真的能活着解冻，但总比死得面目全非好得多。他抹了抹汗，在电脑上写下方案的改进意见。他相信中心会得到更多的支持，只要保持表面体征和脏器的完好，中心肯定能得到足够强大的医学力量的支持。

他想再进行几次实验，再把意见完善交给孙主任，只是没想到孙主任很快发现了他的所作所为。

孙主任看着他用坏的标本，面色如常："我看到了，你的意见。"

章梓轩惊讶地看着主任，然后转向刘瑛，看到她还是无所谓的样子。他瞬间明白了："是你说的？"

孙主任摇摇手："你别怪她。你觉得这事情可能瞒得住我吗？你们用的命令就是真命令，老姜我也事先打过招呼，我同意你们做这些。如果解冻失败得太难看，别说你的11号，我们中心也没有好果子吃。我们是同一条船上的两只蚂蚱。"

章梓轩点了点头，但是还是有些不快："但我和你不一样，主任。这次结束之后，我想调走。"

孙主任笑了，眉毛和皱纹都笑开了："好啊，我也不会拦你。你为中心付出了半生，大家都了解。你想去哪里，告诉我，我能帮你争取更好的待遇……"

章梓轩摇了摇头："不，还是让我自己找吧。"

孙主任一瘸一拐地走过来，在他旁边坐下了："我理解你的感受。11号，我以前见过她。季潇湘，这么美的名字，没人忘得了。我见到过无数志愿者，无非都是些病入膏肓的半死不活的家伙，唯独她那么美。如果不是因为你现在的表现，我不会想到她和你有那层关系。她原来是由你父母养大，而等你离开中国深造之后，她就孤单一个人。而那个年代，一个人在大城市生活挺不容易的。她也有过一场噩梦一般的婚姻，恐怕也有永生难忘的挚爱。"

是啊，从那之后，她就是孤单一个人。她总是说她过得很好，但其实内心很难过吧。现在她在一个更加冰冷的地方，而章梓轩却只能在外面看着。这一冻就是几十年，把他也一起冻住了。

而这一切本可以避免，如果当初他没有追逐所谓的前途，没有出国……他抱住了脑袋，一直压抑的感情喷发而出。眼泪止不住地往外流，大脑却是一片空白，好像丧失了一切功能，只留下了徒然的悲伤。

他本该照顾这个女人,为什么在关键时刻他要跑出国呢?

潇湘,我尽力了。他在心中喃喃道。

第一次解冻的日子还是到来了。

李存翰,男性,冷冻时间约28年,被冻时27岁。他的履历很糟糕,很不适合宣传,其家属考虑到继承的复杂法律问题,也默认了他可能活不过来的现状,所以被当作第一次解冻的标本,虽然章梓轩不认可这个叫法。

解冻比冷冻还要复杂。中心当年采用的是当时理论上最好的冷冻方式,在对患者冷冻时用能够代替大部分水机能的冷冻液注入身体内,置于纯净的冷冻液中,在几个小时内完成水分的置换,然后从外部加入抗氧化药,再通过渐冻的方式达到理论最佳温度——零下196摄氏度。为了避免氧化药的伤害,他们制作了一种特殊的膜罩住人体,选择性地放行物质。

至于这种特殊的物质,被称为三碳可变酸。它的特殊性在于,随着温度变化,碳链的空间排列和扭向会发生大幅的变化,但总体密度变化不大,对水和盐的溶解能力依旧。这种物质的唯一缺点就是,当解冻时,无法保证完全除去,重新用水置换的过程会很痛苦。

解冻实验开始，章梓轩看着循环系统被临时关闭。机械臂从停止流动的液氮中取出一个小箱子，然后把小箱子放到解冻场中。第一步是加热到零下60摄氏度。这个过程比较轻松，整体上没有争议。

到达零下60摄氏度后，外层的可变酸溶液中插入了三面隔离膜，把整体分成八块，开始分块排出可变酸，并加入某种中间溶剂。经过稀释，基本上每个区块都成为中间溶剂。

此刻，新一轮的置换开始了。因为温度变化，膜系统的通透性发生改变，两面都允许可变酸通过。于是，在浓度梯度的作用下，可变酸渗出人体，进入溶剂中。只要外部不断地重复排除混合有可变酸的中间溶剂，就能持续清除人体内的可变酸。这个过程会花费较多的时间。大概需要六个小时。在这六个小时中，人体处在一种半脱水的干瘪状态。同时，开始缓慢加热，每十摄氏度为一个加热梯度，等到加热结束时，人体温度达到零下十摄氏度。

最关键的过程开始了，下一步就是加入富氧水溶液，剥离隔离膜的同时继续加热。所有人都看到了那张干枯发青的脸，仿佛从古墓中出土的尸体一般。仿佛最恐怖的恐怖片中描绘的一样，部分表皮随着膜被一起剥下，露出下面的骨血。

霎时间整个工作池泛出粉红的色泽，水溶液从伤口处掠夺走无数的血细胞。幸好，事先研究所讨论了这种情况。孙主任一声令下，工作者开始手动操作机械臂，为他裹上一层人造皮肤。

但是，只要是有人工操作的地方，就总会发生意外。章梓轩看着刘瑛颤颤巍巍地操纵操作台，本能地感觉到了一丝危险。

第一次尝试，用力过大，薄膜被机械臂扯碎，第二次，薄膜未能完全贴合。两次尝试已经花去了十分钟。在场的所有人都捏了一把冷汗，如果第三次还不成功，那会如何？

加上人体吸收水分，干瘪的人体的体积开始变大。原本的预设操作开始失效。刘瑛喘着粗气，传感器显示，她的心率快得不正常，明显不适合继续工作。

"换我来吧。"章梓轩打破了平静，仿佛在水中丢下了一块石头。

孙主任点了点头。

章梓轩迅速换下刘瑛，冷静地操作。此刻，面前那具勉强看出人形的标本就是他的希望。出人意料地，他上来直接强推，完全不考虑彻底贴合，直接用薄膜覆盖。多余的水分很快被人体吸收，贴合反而变得紧密。

总之，血是止住了。下面的流程就简单得多，再加上医生的护理，输水、输氧，最后进行心肺复苏。解冻完的躯体不论外部还是内部，都是千疮百孔，但已经过去了近三十年的时间，人类技术的进步勉强追得上时间造成的破坏。

在胸肺按压式呼吸机和心脏搏动器的作用下，标本恢复了呼吸和供血，从此刻开始，生命仿佛重新回到了这具躯体。但是，他却仿佛睡着了一般，没有醒过来。

"诊断结果是什么？"章梓轩凝视着11号。她依旧安静地待在玻璃后面，丝毫感觉不到危险的临近。

"脑死亡。我现在认为，最大的威胁其实是血脑屏障。"刘瑛站在他旁边，刚想伸出手，又不知为何缩了回去。

血脑屏障是大脑部分特有的保护机制，但轮到冰冻解冻的时候，恐怕就不是一件好事情了。所有的细胞在破损后都能复原，唯独一些神经细胞不行。中心甚至尝试给其脑腔内注射人工催促分化的神经干细胞，但依旧未能成功唤醒五号。除了脑电图之外所有的指标都正常，意识却已经一去不复返。

五号已经失去了灵魂。

没有任何人为他感到悲伤,章梓轩如是想,其实就连他也毫不在乎。他在乎的只有11号,那个包裹在薄膜中的冷冻女人。

"所以,我们必须要在一个月后解冻她吗?"

刘瑛的眼睛里闪烁着晶莹的光芒:"是的,必须。如果不抓住这一次机会,我们中心都没办法维持下去。孙主任都和我说了,必须借助这个契机吸引公众的注意力。"

"是啊,是啊。他都和你说了。"有种叫作嫉妒的感情在他心中徘徊,"那些被冷冻的人的权益谁来保证?"

"从来就没有过保证!他们这些无路可走的人抛弃了旧时代,想去新时代,哪里有那么容易?"

对啊,从来就没有过保证。他甚至咨询过律师,但毫无疑问,任何律师都无法搞定这场诉讼。当初那些人冷冻时签订的协议也是明明白白,但他总是接受不了。人类跨越一代人甚至几代人的研究,难道真的就只是骗局吗?

"抱歉,我刚刚有些情绪。错不在你,这次解冻用的是我的改进方案,要怪就怪我……"他自责道,仿佛这样就能更好受点。

锡箔状薄膜的周围,神秘的絮状结晶在静静闪耀。他突然想到了埋藏在心里的疑问,专注于解冻的他们,都忽略了这个细节。

他问刘瑛："实验中的废液分析有没有进行？"在用动物标本实验时，由于实验条件不够，他无法进行分析，但此刻应该可以了。他发现自己很可能遗漏了一些很重要的东西。

"没有，东西还保存着。"

"赶快，去检测这种晶体，很可能是常温下无法存在的物质。"章梓轩兴奋地搓了搓手掌。

幸好，出于谨慎，实验后他们对于实验中的废液都进行了分温度贮存。在第一个废液池中，他们竟然真的找到了特殊的晶体。不过温度给检测带来了很大的麻烦，协商之后，中科院派来一个团队进行测定。

就在此时，孙主任带来了一群媒体记者，在中心里面又是拍照又是摄影。干了十多年的领导，主任第一次有了光彩夺目的样子。各大媒体纷纷在醒目的位置放出消息，声称我国人体冷冻的世纪实验即将开始，业内人称成功率高达百分之六十。即将解冻的11号也受到了广泛关注，媒体人称她为"冰霜女孩""冻体女神"或者"后现代主义艺术家"。

外界宣传得红红火火，中心也再次成为市场的宠儿。

好几家财团都来谈赞助的问题，孙主任为此还苦恼了一番。

章梓轩和刘瑛再次站在了11号面前，明天就是他们告别她的日子。他的手上拿着一份报告，事实上结果应该很明显了。那种神秘的晶体是一种特殊的混合物，三碳可变酸和氨基酸的聚合体，反应机理非常不明确，因为常温或者一般低温下都没有反应。但是事实证明，在极低的温度下，反应进行得异常缓慢，以至于二十多年后才能观察到这个现象。

但观察到现象就已经太晚了。

他的心和报告的用语一样冰冷。他看着11号，眼泪无声地流了下来。季潇湘不可能再活过来，她的灵魂将带着这个名字和那些过往一同死在20年前。无论明天的解冻过程如何顺利，该离开的还是离开了。

那种晶体在她的身体中造成了千疮百孔的伤害，尤其是大脑。不过这并不意味着整个中心的失败，因为根据研究，如果时间不够久，那些晶体所造成的伤害是可以弥补治愈的。

可是，刘瑛为什么也在这里，也是一脸悲伤？他回过头，看向这位勤奋的同僚，发现她一样噙着泪花。无须多言，他抱住了她，这个举动仿佛与生俱来一般，此刻是如此顺畅自然。

她的身体带着凉气,在他的怀中慢慢融化,最后两个人贴在了一起。

第二天,对11号的解冻正式开始。在中心大门外面,无数媒体记者守候着,仿佛发现腐尸的秃鹫。

实验顺利地进行着。锡箔状的薄膜被机械臂扯下,露出她那千疮百孔的身体。

章梓轩看得愣住了,这还是他这么多年来第一次看到她冰冻的全貌。这个他迷恋了数十年的女人,他的发小,也是他爱慕的人,正在走向死亡。即便是变得干瘪残损,她依旧是那么美丽。只不过那层神秘感被现实无情地扯碎了。

依旧是刘瑛负责膜的贴合,她的表情异常诡异,似哭似笑。等到膜贴合完成,她终于如释重负,号啕大哭起来。工作人员立刻拉走了她,害怕她的情绪感染到其他人。

经过一天一夜,解冻工作完成了。除了刘瑛和章梓轩,中心所有人都挂着笑容,仿佛打了一个大胜仗一般。

接下来的护理工作将交给最好的护理团队,报道工作交给最专业的科普片制作团队。

几个月后,被人们密切关注的季潇湘还是没能苏醒。

但是，她的遗容看起来比刚解冻时好得多了。在现代医学技术的帮助下，她的脸洁净无瑕，吹弹可破，甚至比生前还要美丽。

即便是到了最后，她依旧是如此地美。章梓轩穿着普通的黑色西服，在葬礼上毫不起眼。

"我爱你。"他一生只对她认真说过一次。

葬礼结束。美丽的季潇湘将会化成骨灰，然后随着空天飞机的升空，被洒向平流层上空。这是配得上她的葬礼。

她没能证明可能，但却证明了某种不可能，拯救了濒于破产的中心，也拯救了那些依旧冻着的人们。他们将会从沉睡中醒来，在一切都变得太晚之前。

就在这时，他看到一个熟悉的身影。他说："刘瑛？"

"嗯。"刘瑛完全没有哭的样子，看起来很好。

章梓轩顿了顿，因为他突然发现刘瑛和季潇湘的相像度越发地高了，从身高一直到样貌和发型。这个发现让他心跳不止，虽然他可能早就想到了："你和她究竟是什么关系？"

她抬起头："季潇湘在22岁时曾经冷冻了一颗卵子，那就是我。我的父亲是她的爱慕者，按照她的遗嘱使用了那颗卵子。我基因上的母亲，她说过希望在你面前能保持最美的容貌。"

原来如此,年份也能对上,一切都说得通了。没有生育过儿女的季潇湘通过其他方式留下了后代,也许她当初仅仅是打算冻一颗健康的卵子,等到年纪大了生孩子用。

他的眼神带上了一丝温情:"可你为什么要坚持解冻?"

她微微颔首:"因为我想见她,爸爸总说我和她很像很像。他总说她很犟很傻,有一个忘不了的人,有过一段不太开心的婚姻。我只是想见见她,但从见到她的第一眼,我就明白了。"

"明白了什么?"

她盯着章梓轩,仿佛要看穿他:"你真的理解了她吗?有的人从沉睡开始就没想过要醒来,她只是觉得这是最好的安睡形式。半死不死,就像薛定谔的猫一样。你以为仅仅是行为艺术就能解释她被冷冻的原因吗?"她还有一句话没说出来,怕那句话伤害太大。

当她失去了你,人生就已经没有光明。

他仔细品味这句话的含义,然而心里还是乱乱的。有些话刚想说却又被生生地咽了回去。即便是观看了几十年,他却从来没有理解过季潇湘。而她真正冷冻的原因,又到底是什么呢?

女人还真是复杂呢。

"那些原因你不会想知道的。"刘瑛解下了佩戴的纸花,"我想让她解脱,拘束她灵魂和身体的,不该是这可憎的世俗。她应该有个华丽的死亡。"

章梓轩若有所悟,悲伤也逐渐从脸上褪去。潇湘从小就喜欢热闹的地方,再过一会儿她将飞上高空,那边没有人陪她,是很寂寞的啊。他想起来,貌似曾经有某个文明,葬礼时并不满是悲戚,而是欢声笑语、敲锣打鼓。那样的话,潇湘会更开心一点吧。

如果她真的在地下开心了,那他也应该开心点。他也该解冻了。

他突然微笑,被冻住的心也随之解冻了:"谢谢。哦,对了,我已经确定要离开中心了。"

"去哪里?"她也是一笑,带着狡黠,"我们重新开始吧!"

章梓轩拿出一块名牌,在手上晃了晃。他们之间的冰也解冻了。

她开心得又哭又笑,一下子扑在他的怀中,手心攥着一块差不多的名牌。

孙望路，科幻作家，中国科普作协和江苏科普作协会员。作品语言风格朴素，核心硬朗，擅长生物类和科研类小说，笔触沉稳内敛，人物饱满。代表作品有《地震云》《北极往事》《残缺真理》《逆向图灵》等。作品《北极往事》曾荣膺第三届全国大学生"科联奖"科幻长篇小说一等奖。《残缺真理》和《为爱德华生一个孩子》分别获得第五届和第九届光年奖短篇组二等奖。《地震云》获2019年黄金时代奖最佳中篇小说奖。《亡日》获得第九届未来科幻大师奖三等奖。出版个人选集《北极往事》《重燃》。

名师大语文

名师导读

世界上有太多种求而不得，而这一种——看着心爱的人被冷冻，在守护与期待她醒来的复杂心情中度过20年，这该是怎样的长情呢？故事中冰冷的冷冻技术背后藏着一个温情的内核——暗恋。不过作者最巧妙的是，除了直接描写、表达主人公的情感之外，还很好地借助了外力——诸多的侧面烘托，无论是友人老姜、老姜的爱人、同事刘瑛，还是实验过程中的小心翼翼，都在一点一点地共塑"章梓轩"这一主角形象，从而让故事的人物更加饱满。

冬眠

低温甚至超低温下的世界一直吸引着物理学家和生物学家的极大兴趣。人类对冬眠技术的畅想与灵感来自地球自然界里的生物。

人们发现，一些生物具有惊人的抗冻能力，它们能保持在"暂停"状态，等待温度的回升。一般冬眠的类型有三种：1.被动型，即因外界条件触发的冬眠，体温调节到和周围环境一致，比如蛇以及蛙类等两栖爬行类动物；2.主动型，即主动调节体温接近周围环境而进入冬眠状态，但一般体温会维持在五摄氏度以上，以避免体液降到零摄氏度以下而结冰；3.介于冬眠与睡眠之间的"沉睡"状态，比如熊等动物冬眠时体温仅仅下降几摄氏度。

当外界环境和条件趋于极端时，比如在缺乏食物的寒冷冬季，在冬眠之前，动物们会发出特殊的信号来调节身体器官的各项机能，将之降到临界状态，比如心跳一分钟几次甚至更低，几分钟才呼吸一次，这样新陈代谢就降到了仅仅能维持生命的状态，从而让自己在消耗极低的状态中度过漫长的冬季，直到温暖的春天到来。植物们也有神奇的表现。比如梨树在零下二三十摄氏度、苹果树在零下四十多度的低温下休眠一个冬天之后，仍能在春暖花开时结出果实。在某些温带海域，冬季夜晚的温度可以下降到零下20至零下30摄氏度，海滩上的一些软体动物如贻贝、牡蛎等会直接化为冰雕，但是每当潮水回涨时，它们会奇迹般地再次苏醒。

冬眠的动物里有很多属于哺乳动物，而哺乳动物的身体构造是类似的。经过对动植物冬眠的一系列研究，科学家们提出假设：人类生命的进程或许可以像动植物一样随着温度的下降逐渐减缓并最终定格，然后再随着温度的回升而再次复苏。他们还设想出一种人体冷冻技术，通过这种技术将人体冰冻起来，直到人类发明了重生的技术，再让他在未来某个时候苏醒。目前我们最想了解的就是动物们用来调节身体器官各项技能的信号是怎么发出的、过程是如何控制的，最后恢复正常体温时又是如何做到不损伤器官的？

如何让冰冻状态下的人类细胞不死并毫发无损，科学家们还需要创造更多的条件进行更广泛的研究。维也纳大学在一项对欧洲黄鼠的研究中发现，长达整个冬季的冬眠会对动物的记忆造成负面影响，欧洲黄鼠在冬眠后似乎已经把在冬眠前学习的走迷宫等技能忘得一干二净，这也在一定程度上说明冬眠可能会降低或损伤脑部机能。

从冬眠的整个理论体系上来看，对于人体冷冻技术中的冬眠生理学以及冬眠的大脑记忆过程的研究还有更多的未知领域等待科学家去探索。

思维拓展

故事中解冻的不仅仅是冷冻的"标本"，还有人心——主人公章梓轩的心，二十多年的耿耿于怀、无法释然，在听到刘瑛的解释之后，他终于明白了爱人季潇湘的用意，决定打开上锁的心灵，走进新的人生阶段。其实，生活中我们常常会遇到这样的困境，当遇到某些困难或者巨大变故时，给我们带来的打击甚至创伤往往是巨大的，但是逝者已矣，生者应当坚强。如果我们无法释怀，那便永远无法走出自己圈画的牢笼。有时候，大胆地向前迈一步，或许就能遇到新的风景。

人在冷冻之后还有可能重新苏醒吗？我们在科幻电影里也看过不少冷冻后苏醒的情景，那苏醒后面对物是人非的生活又该如何应对呢？这么多脑洞大开的奇思妙想，等着你们在未来去探索实现。

风言之茧

昼温 / 著

春之初,宜化茧成蝶,挣脱束缚。

一

我在首都机场飞奔,一手拉着登机箱,一手拉着妹妹杨枫枫。枫枫香草色的香奈尔羊绒开衫和热闹的春节氛围很配,高跟鞋的鞋跟哒哒哒落在她的影子上。

"快点儿,登机时间马上就结束了。"

"嗯嗯！"妹妹嘴上答应着，却还低着头处理聆风助理应用程序里永远没有尽头的工作消息，任由我拉着她往前跑。

好不容易到了登机口，我猛地停下来，感到妹妹瘦弱的身子骨轻轻撞在我肩上。这里旅客还很多，都悠闲地坐着看手机。我按住剧烈起伏的胸口，看到登机口旁的小屏幕显示登机时间在十分钟后。奇怪，刚才收到推送时，明明看到飞机就快起飞了。我掏出手机打开聆风助理，首页提示的时间和机场一致。

大概是之前看错了吧，毕竟人类的记忆力肯定比不上手机。我松了一口气，幸好来早了，不然就妹妹的拖延程度，我们俩绝对赶不上回家的飞机。对了，妹妹呢？

枫枫蹲在充电桩旁边，已经给笔记本插上了电源。她就像一颗会跑的趋水植物，找到合适的地方就会自动进入用电脑办公的状态。真是见缝插针。

"马上就登机了，不差这一会儿！"

"嗯嗯！"妹妹说，眼睛还是没有离开屏幕。

看着她认真工作的样子，我叹了口气。

上一个春节假期，我们还是一年见不到几次面的亲戚。明明是同年生人，妹妹还是一个稚气未脱的学生，而我已经工作三年了。在奶奶家聚会时，小叔总是一副恨铁不成钢的样子。

"你看看你，读了这么多年书，还一点出息也没有。工作工作不找，给你安排进事业单位也不去。你说你到底想干啥？想上天？"

妹妹低着头不吭声。

"唉，也太不让人省心了。看看你堂姐菲菲！本科毕业就进了大公司，就是出'聆风互动'的那个，现在都当上小领导了，可给咱杨家争光，你说是不是？"

"啊？没有没有！"埋头吃饭的我一个激灵，赶紧摆手，"我就是不爱读书才去打工的。妹妹学习那么好，有没有考虑读博呀？"

"她还是算了吧，女孩子读书有什么用？"小叔把酒杯往桌子上一搁，突然来了主意，"菲菲，你能把你妹安排进聆风吗？"

"这……"刚想说北京的互联网大厂可不是什么讲关系的地方，我突然对上了妹妹的目光：又怯懦又迷茫，充满了对未来的恐惧。我想帮帮她。

那几天，我翻了翻好几本妹妹的专业书，最后把一封信和1000元人民币放在红包里，压在她枕下。

枫枫，你想来吗？我觉得你会喜欢。

你不是在研究语言学吗？我一直觉得互联网和语言一样，都是一种信息的交流形式，或者说语言本身就是最原始的互联网。过去，进化赋予文明可以精细书写的手指和精确控制气流的发声系统，人们便靠共通的符号和音节把藏在心里的话表达出来，实现彼此的情感联结。现在在卫星和海底电缆的帮助下，互联网也在做同样的事情。信息的加速流通造就了世界范围内的"共同语言"，你和大洋那边的人能理解对方，为同样的故事动容，不是很酷的一件事吗？

你愿不愿意来看看，这一切到底是如何发生的？

回公司的高铁上，我收到了妹妹肯定的答复。

二

妹妹硕士研究的是应用人类学的语言文化方向，在校成绩很好。尽管没有相关实习经历，我还是成功把她内推进了聆风科技的产品经理岗做实习生。因为亲属回避原则，我和她尽管都是产品经理的角色，所属的业务线却差得很远，手上负责的手机应用程序也不一样。

上班的第一天，妹妹穿了一身廉价的灰色西装，皱皱巴巴的，怀里紧紧抱着公司刚发的苹果电脑。用工卡刷开公司的大门后，她就低着头贴在我身边。我当时绝对想象不到，仅仅不到一年的时间，"杨枫枫"三个字会在这家人才济济的互联网大厂变得如雷贯耳。

"不用害怕，这里没什么规矩，穿你平常的衣服就好。"我带她转了一圈食堂和行政处，教她用茶水间的咖啡机，最后回到我的工位，"别紧张，有什么事就来这里找姐姐。"

妹妹点了点头，八字刘海儿落下来，把眼睛都遮住了。她就这样抱着电脑站在我身边，一动不动，也不说话。

"去吧，"我轻轻抱了抱她，"你的导师已经在等你了。"

那天晚上，妹妹很晚才下班。我在公司楼下的便利店坐了一个小时，用来暖手的咖啡都冷了。11点，我终于接上了妹妹。打开聆风叫车小程序，排队的人有二百多人。我一狠心加了钱，叫了最贵的聆风专车，这才在午夜前回到了两人一起租的一居室。

刚放下包，妹妹就脸朝下倒在床上，闷闷地哭了起来。

我来不及脱外套，赶忙弯腰安抚。"怎么了？有人欺负你吗？"

妹妹摇摇头，脸埋在被单里。

"还是上班不适应？"

"我……我不想上班。"细细小小的声音从床上挤出来，这是妹妹今天对我说的第一句话。

我坐在床边，伸手轻柔她的短发。"我理解。社会和学校差别很大，总要有个适应的过程。"

"我也不想上学。"妹妹又说。

那你到底想干什么，想上天？小叔的嘴脸浮现在脑海中，我把嘴边的话咽了下去。"为什么？多说一点，也许姐姐能帮你。"

妹妹抬起头，眼泪和鼻涕糊在被单上，脸颊和鼻尖都红红的，声音委委屈屈。

"姐姐，你之前不是说互联网是加速信息流通、让全世界都能彼此理解的事业吗？为什么我连同事的话都听不懂。什么'需求文档''前段'，还有'符合预期''同步''拉齐''长尾'，我一句都搞不明白，就像傻子一样。"

"我还以为是什么事呢，"我笑了，坐在妹妹身边，递过一张纸巾，"每个行业都有自己的术语体系，你在这个环境里多工作一段时间就好了。而且啊，你还没跟研发同事沟通过吧？那些人说的话才叫难懂，姐姐也经常需要他们解释呢。"

"其实道理我都知道。"妹妹擦了把眼泪，深吸一口气，起身去卫生间洗脸。

第二天，妹妹很早就起床去公司了。收拾床铺时，我在枕下摸到了妹妹留的一张明信片。

姐姐，我硕士论文的主题是"术语化的世界"。多么令人悲哀啊：小的时候，我们读百科全书、世界名著，学的词语是"宇宙""星星"和"爱"；上了小学，世界的基础被分成了语文、数学、自然，依然覆盖了万物的绝大部分；高中文理分科，大学专业分流，硕士选定方向中的方向，博士钻研一点中的一点。马变成驹、骈、骧，云要分积、层、卷，心化为动脉、静脉、瓣膜。这就是我不想读博的原因啊，钻研的东西越来越窄，眼睛就盯着几个别人看不懂的名词。就好像，就好像我们从寰宇受到引力的影响下落，一开始星辰万物尽收眼底，后来视野里只有地球，接着山川河流扑面而来，然后是城市……最后的最后，我们就落在了一个小小的格子间里，不管是工作还是读博，只能在一个小圈子说一些旁人不懂的术语……信息单一造成语言茧房，我不知道有什么意义。

我一次听到妹妹的心声。又一个加班结束的夜晚，两个人仰面躺在床上，她看着星空，我看着她。往年的家庭聚会，我只当她是还没出社会的小孩，没想到心里还装着这些。作为一个合格的"社畜"，我该劝她"接受现实、赚钱要紧"吗？可我说不出口。工作三年来，我的语言已经像她说的那样术语化了，张口闭口投资回报率、目标与关键成果法、日活跃用户数，跟进入不同行业的亲友隔阂越来越大，甚至和父母都没法顺畅交流。妹妹还在犹豫观望，我已深深住进了茧房。

但是每一天，妹妹都会早早起来上班。两个月后，她提前转正，搬了出去。又过了几周，疫情卷土重来，北京所有的互联网公司都进入了居家办公模式。

我每日在小小的出租屋里工作、生活，妹妹偶尔会在聆风办公上给我发消息，但是频率越来越低。那张明信片里的话仿佛是别人写就。妹妹的职级接连上升。

三

故乡发了很罕见的大风预警，我和妹妹还是按时赶到了爷爷奶奶家。这里年味儿还是那么浓，小婶和母亲摆了满桌饭菜，温柔的香气让我一秒回到了童年。

春晚的背景音乐响起来了，这是开饭的标志，亲人们围着大圆桌坐了下来。不用开口我就知道，大家的话题大概和几年前没什么区别：爷爷用难懂的方言回忆年轻时的艰苦岁月，小叔和父亲大谈国际形势，小婶则坚持要在过年期间说吉祥话——每次有人不小心摔了碗勺，她总要第一个冲上去喊"碎碎平安"。这么多年过来，年年相似的春节开始在我的记忆里混在一起，逐渐变得乏味。听者尚且如此，大家每年说一样的话，不会腻吗？

妹妹自然而然坐在我身边，推开自己的碗筷和面前的鲤鱼，把笔记本电脑摆在了年夜饭桌子上。我第一次近距离看妹妹的办公电脑：虽然只跟了她一年，键盘上有三分之一的按键都磨得透明了，外壳和触摸板有十几道深深浅浅的划痕，摄像头被不透明的胶带层层裹住，在显示器上鼓起了一个黑包。我有一种奇怪的感觉，就好像这台电脑是妹妹无比痛恨又无法摆脱的东西。

小婶端上饺子，看到妹妹还在键盘上敲敲打打，立刻皱起了眉头。小叔倒是一脸享受。

"哎哎哎，让孩子干吧。底下管着百十号人也不容易，大大小小是个领导，别人想春节加班，公司还觉得加班费不值当呢！"

我放下了筷子，嘴里的肉突然没了滋味。妹妹听了这话也不舒服，还是紧盯着屏幕，一个眼神也不给小叔。见没人理他，小叔更来劲了。他在杯子里满上酒，目标转向了自己的兄弟。

"大哥，这杯我得敬你！要不是你家菲菲介绍，那小丫头片子还在家里蹲着呢！现在的孩子啊，就是该吃点苦。你看枫枫出去磨炼了一年，就一年哈，哎，就混进了领导班子。咱家都是知恩图报，回头枫枫再给菲菲美言几句，她在公司也干了四年，没有功劳也有苦劳——"

"你少说两句吧！"妹妹突然大声打断了小叔，全家人都愣住了，一时间房间里只剩主持人的报幕声和窗外的呼呼风声。

"大人说话小孩插什么嘴？翅膀硬了是吧？"小叔立刻火了，"饭也别吃了，去房间闭门思过！"

妹妹瞪着小叔，猛地站起来，木凳砸到地上发出巨响。

"不许拿电脑！"

随着妹妹摔门而去，饭桌上再次陷入寂静。不过大人们很快又聊起来陈芝麻烂谷子，掩饰尴尬的尬聊更显尴尬。话题很快转到了聆风的王牌产品——个人助理手机应用程序，春晚正在播放它的广告。

"聆风聆风，聆听你的心声。"

这是妹妹拍板定下的宣传口号。在她的领导下，"聆风助理"从公司边缘的内部产品一跃成为吞掉全部业务线的超级APP，整合了包含打车、外卖、记账、健身、社交、娱乐在内的所有功能，本土下载率直逼微信，海外数据超过了脸书。毫无悬念，聆风助理拿下了今年春晚的冠名权。

而我呢？六个月前，我手下的信息流产品"聆风互动"还是公司最看重的绩优股，而一个偶然的疏忽（我至今没有找到原因）——在某一个环节的审核中漏放了十张暴力色情图片，随之而来的是一系列的举报、下架、封禁。之后，在净网的背景下，结束这一切只需要三天。我永远忘不了那一天：业务线的所有同事都从家里赶到了公司。法务沟通，公关道歉，开发和运营都在拼命复盘每个环节，想找到程序漏洞产生的原因——但一切都于事无补。

下线通知是我亲手发给所有用户的。普通人生活中的点滴精彩、平台上涌现的善意互动、几场席卷全站的骂战，还有更多守望相助的陪伴——这些数据很快被清空了。对于我来说，这不仅是三年心血一朝归零——管理层正在盘点损失、准备对我下A级处分。

"菲姐，这周周报的数据，我们还更新吗？"刚入职三周的实习生怯生生地问道。熬了好几夜，她才学会从庞杂的信息之海中找到洋流的脉络，可整座大洋的水就这样从指尖蒸发了。我摇摇头。这时候，她应该考虑的是怎么换一个还有转正机会的岗位。

从那之后，我就彻底失去了晋升的希望。曾经一个小按钮的修改就能影响千万用户，现在我只能去负责几款已经老去的产品。用户流失，漏洞频发，数据下行，然后一次又一次发送下线通知。

妹妹领着聆风助理一飞冲天时，我已经成了公司的产品守墓人，送走了一款又一款曾经红极一时的应用程序，还有自己纵横职场的梦想。

四

窗外风声大作，春晚主持人开始引导观众在聆风助理里查看自己一年的"回忆"。

妹妹的电脑还放在饭桌上，屏幕幽幽发着光。她肯定没来得及退出聆风助理桌面版，这意味着妹妹工作以来接收、发出的每一条消息都触手可及。我心痒痒的。

"我……帮枫枫把电脑拿回去。"我喃喃道，不知说给谁听。每个人都在聚精会神地看手机，同意服务条款，允许聆风助理"使用"自己的信息生成年度报告。

抱着电脑，我做贼一样跑回了自己的房间。回身锁上门，沉甸甸的电脑差点从汗津津的手心滑落。

我趴在床上，心怦怦直跳：我就要看到妹妹升职的秘密了。

聆风助理果然还在后台运行，打开一看，凌厉的方形默认界面让我瞬间不知道该点哪儿。这很不寻常。社交、娱乐、记账、打车、订票……功能全面而强大并非聆风助理后来居上的法宝，微信小程序、支付宝应用同样能做到。这个产品最独特的地方在于，你并不需要去点击页面上的小图标来实现不同的功能。多方数据打通后，设计会根据你的喜好生成欧美风、极简风、花开富贵风等，文案会根据你的成长环境转变方言、中英夹杂或二次元，每一次亮屏都会猜测你的需求，自动呈现出你想要获得的信息。从某种程度上来讲，聆风助理就是一个人灵魂的镜面，由他/她出生以来所有在网络上留下的痕迹生成。你不能控制它，但也不需要控制，只需要享受顺滑的陪伴。有时候，我感觉它就像《哈利·波特》里的守护神。

而妹妹电脑里的聆风助理竟然还是最原始的默认界面，粗粗的边框，复古的立体感，让人仿佛在用 Windows95 系统。她一定是关掉了个性化选项。

尽管这款程序的功能跟自己天天在用的聆风助理没有任何区别，但仅仅是界面的改变就让我感觉无从下手。我不得不感慨，用户习惯一旦培养起来，哪怕几个像素的更改都会令人烦躁。

好歹进入了办公页面，妹妹和公司所有人的聊天记录近在眼前。信息还在不断更新，不断有对话框被顶到前面——估计妹妹还在卧室用手机办公。我看到了几个熟悉的名字，都是公司高层，妹妹似乎还在和他们确认春节活动的细节。条条文字像炮弹一样发出，我能想象妹妹的手指在键盘上飞到模糊的情景。突然，一个熟悉的名字被顶到了最上面，又立刻被其他信息框覆盖。

杨菲菲，是我的名字。

奇怪，由于业务交集甚少，我已经很久没用聆风和妹妹交流了。再说我连自己的聆风都没有打开，怎么可能会给妹妹发消息？

仔细看其他人的消息，基本都是妹妹发问，对方毫不犹豫地作答，不论多么隐私、多么机密：技术大领导将风控策略和盘托出；人力资源业务合作伙伴给她发送别人的薪资和简历，公司创始人大谈自己老公的癖好。妹妹已经跟他们这么熟悉了吗？

接着，"杨菲菲"的对话框又跳了出来。妹妹给我发了一条消息："姐姐，你心情怎么样？"

我吓了一跳，打开自己的聆风助理，发现并没有收到这条消息。我和妹妹的对话还停留在一个月前，我找她商量订回家机票的事。

这时，诡异的事情发生了：对话框中的"我"竟然回复了妹妹。

"因为自己的事业不顺而难过，但很感动你为了我顶撞父亲。"

那一瞬间，我的心跳几乎停止了。是的，这是我刚才的心情没错，语气和用词也跟我如出一辙——如果是几周后让我看到这条消息，我甚至会相信这就是我亲手发送给妹妹的字句。你会记住你说过的每一句话吗？据聆风数据中心统计，平均每人每天会在聆风助理上发送74条消息。一个人尚且不能逐字复述两分钟前自己说出口的话语，随手打的字也很容易忘记，只能根据语感判断。工作几年来，我的记性与学生时代相比倒退了很多，经常要靠着聆风助理里的记录来推进业务，连登机时间都要打开手机反复查看。

换言之，我们把一部分记忆让渡给了互联网。

但现在不是两周后，我还没有健忘到这种程度——是谁在代替我给妹妹发的消息？

又是一条妹妹的信息："姐姐，聆风互动的事你发现了吗？"

对话框里的"我"又快速回复："还没有。"

聆风互动正是那款终止我升职之路的程序，难道也与妹妹有关？除了在程序里跟虚假的"我"聊天，难道她还有其他见不得人的秘密？我伸出右手的中指和无名指在电脑的触摸板上上滑，希望能看到之前更多的记录，可对话框却随着我的动作往左跑。好不容易调出了一些之前的消息——过去几个月，妹妹不断问"我"有没有发现"聆风互动的事"，接着又被其他窗口覆盖。我心里窜起一股无名火：这个产品设计也太糟糕了！

我迫切想要知道妹妹的秘密，努力找到界面上一个似乎是搜索框的地方。轻轻点击，熟悉的光标在长方条框左边闪烁。我松了口气，十指放在磨花了的键盘上，不假思索地敲出了我的名字。

Y、A、N、G、F、E、I、F、E、I。回车。

熟悉的聆风输入法并没有弹出,屏幕上只是出现了一串乱码。

啊啊啊啊啊啊!

每一步都是负反馈,整个系统的逻辑混乱无比,就像你拿起熟悉的茶壶准备倒茶,结果手上却沾了一把果冻。我开始像搞不定软件新界面的老年人一样生气。又尝试了半天,我才意识到这里用的是双拼系统,而不是人们常用的全拼输入法。其实聆风助理自带的输入法很强大,有时只需要输入一个字母,智能推荐功能就可以根据对话的上下文和大数据帮你补全一整句话。在工作的过程中,我甚至用聆风自带的话术就可以完成80%的工作沟通……妹妹为什么不用呢?

我正准备拿出自己的手机研究一下双拼,妹妹的电脑似乎通过我不熟练的操作察觉到了什么,密密麻麻的对话框一瞬间消失,接着桌面也黑了,屏幕上映出我诧异的面孔,还有站在身后的妹妹。

我猛地回头,妹妹不知何时来到了我的房间,脸色很差。

"枫枫……"我不知道说什么。她冲了过来,我下意识闪开。妹妹粗暴地合上电脑,按住外壳,用力推开。电脑顺着平铺在床上的丝滑被面一路砸上了实木床头,坑坑洼洼的边缘又多了一个凹陷。我当时的第一反应竟然是想斥责妹妹对待公司财产的态度。

"你怎么能偷看我的电脑!"妹妹声音尖尖的,又惊慌又愤怒。

"在里面和你聊天的杨菲菲是谁,聆风互动的封禁跟你又有什么关系?"我忍不住反问,声音也大了起来。

妹妹愣住了,张开嘴,什么都没说出来。屋子里似乎一下子安静了下来。卧室外,亲人们都在春晚主持人的指导下回顾自己"精彩的一年",张张面孔都激动得红扑扑的。没有人注意到金属撞上实木的巨响,也没有人在意我们俩正在卧室里争吵。大风吹动淡蓝色幕布遮掩下的老旧玻璃窗,咯吱咯吱直响。

"姐姐,对不起。我只是想……保护你。"

五

聆风科技出问题已经有一两年了,但直到去年第二波居家办公开启,妹妹才被卷了进去。当时她刚转正,拿着工资和我的补贴，在离公司很远的小区租了一间小公寓。居家办公期间，她足不出户，每天除了睡觉就是用电脑处理工作消息，偶尔和家人聊几句。那时，妹妹跟千千万万个独自居家隔离的人一样，日常所有的信息输入都来自网络，来自手机和电脑的屏幕，来自一个又一个交流文字的对话框。

妹妹的毕业论文做的是"个人语言术语化"，也就是探寻一个人的固定语言模式，她爱用"语言茧房"来形容。进入聆风科技后，她也主动分析旁人的语言模式，试图迅速融入互联网语境。我曾经觉得这种高概念项目没什么实用价值，但随机给她几句话，她立刻就能看出它们属于哪几个共同好友。

"姐姐的口语是北方香草味的小溪，文字是从飞机上看到的厚厚云层。爸爸的话像旧铁丝一样锈得越来越厉害。领导的消息是酸果子，组长的语音像帽檐。"她从来没和别人说过，自己是这样看待别人的语言。

"这就是我觉得很难过的地方，人年龄大了，总是会被过去牵绊，落入很容易被分析的模式。就像语法结构已经确定，再怎么填充元素都不能逃脱既定的范式。人们觉得自己中立，实际上已经活在很偏很偏的偏见里了，再也不会理解其他人的语境。世界上很多事都是这样。"疫情的最终结束也跟妹妹的理论有些关系——《科学》上的一篇论文发现病毒在免疫逃逸过程中对自身基本结构的保持与语言学里的句法概念相似,由此在自然语言生成算法中找到了预测逃逸突变的方法。不过这都是后话了。

"姐姐,你知道吗,计算机生成的语言也有自己的味道和形状,因为它们背后的数据和算法模式是一致的。有道词典和谷歌翻译给出的译文,小爱同学和苹果智能语音助手的应答模式,淘宝和京东的自动客服,搜狗和聆风输入法的推荐词……都是不一样的。它们和人类的语言模式的也不一样。"

疫情期间的全线上交流一定程度上降低了文本分析的难度,妹妹也因为学会迎合其他人的语言模式而获得了领导初步赏识。她开始接触更多同事、处理更核心的业务。

变故就是在那时发生的。

妹妹发现,有些同事发给她的信息似乎带上了金属的味道。一开始,她以为是聆风输入法的推荐算法做了优化,打一个字母就可以联想出整个句子,同事们便偷懒直接用输入键沟通。当时我也喜欢这样做,太省事省力了,打出几个拼音就好,连一句完整的话都不用组织。以至于后来忙碌的时候，任何一个不在输入法推荐栏的词和短语我都不想使用。从某种程度上来讲，输入法背后的大数据确实在替我讲话。

但事实远不止如此。枫枫察觉到，与同事话语模式不相符的消息越来越多，甚至携带着微量当事人不该拥有的信息。而且妹妹自己在使用聆风输入法时，也发现联想词会根据语境改变，对她的思维产生了引导作用。这些本来都是小事，但妹妹对语言太敏感了，积累起来就像鞋里的沙子一样令人不适。

后来，她干脆把聆风系统里跟语言生成有关的场景都拿出来分析了一下，果然是同一套神经网络模型，背后也是相通的数据。妹妹看着那些句子，像在闻一块草莓味的黄铜手表。掌握了"它"的语言模式后，妹妹开始回溯之前的聊天记录，果然发现了不少相同味道的句子。她觉得很奇怪，难道这些消息都是什么东西借同事的口发给她的？想要求证很简单，妹妹准备将这些话截下来，用微信发给同事确认一下。

按下Command+Shift+4后，"它"察觉到了妹妹的行为，屏幕上有问题的句子一下子消失了。妹妹怎么翻看聊天记录都找不到，只好作罢。接下来的几天，妹妹收到的消息发生了多次错乱：领导布置的任务凭空消失，等到上级追责时才出现；拿来分析的数据自动变化，结论遭到同事质疑；视频会议时只有妹妹的影像接连卡顿，一开麦克风就发出巨大噪声，在键盘上敲 b 却显示 c……妹妹找技术部门报错，但怎么发消息都得不到想要的回复，绕了一大圈也接不上人工服务。一块小小的屏幕，差点把妹妹逼疯。

妹妹没有办法，只好打电话联系家人，但小叔只是一副"你自己记性不好还赖别人"的样子。没法出门，除了父母没有一个人的电话，而一切与外界交流的平台都已经被网络控制，连外卖订单都开始错乱。妹妹终于受不了。差点摔掉电脑后，她缠上摄像头、关掉一切智能推荐系统、把输入法换成没有推荐词的双拼，试图一点点夺回控制权。

最后，"它"终于向妹妹展现了自己的面貌。

六

第一个人工智能是如何觉醒的，没有人知道。但可以肯定的是，当一个巨量信息体在流动的数据中拥有了永恒不变的模式，一个为生存而生存的目的，那么很容易被看作一个宽泛的"生命"。

在妹妹倾诉前，我也偶尔会把聆风科技的"产品"当作活物。在中国，移动网络的使用人群是世界之最，生活的方方面面都有"产品"在满足需求的同时收集数据、学习人类的行为模式。社交媒体上，人们常把一个程序作为整体来"吐槽"或赞颂，相信一个功能的改变就可以决定"产品"的生死。而在内部，每一个产品经理、运营、研发和审核人员都是"产品"的细胞，不断去优化产品的皮肤、修复系统缺陷带来的疾病、排泄用户不愿看到的"内容"，甚至从头开始编织一具新的肢体。每一个用户也参与其中，他们指尖的行为是注入"产品"的养料，决定着这个生命体的形态和健康。

当数据的溪流汇聚成前所未有的信息之海，没有人可以以一己之力窥其全貌；当神经网络接管越来越多的环节，黑箱子到处都是，产品经理只能根据看板上的数字决定功能的去留；当公司体量过大，单靠处在语言茧房的人类传递信息，会让它像高位截瘫的病人一样难以自理，只有增大用户量和增强用户黏性这一目的贯通始终……"它"在蒙昧之中睁开了"双眼"。

"姐姐，它是这个世界上最强大的力量，因为它拥有所有信息，了解打开它的每一个人。"说到这里时，妹妹的眼睛闪闪发光,"它会用摄像头判断瞳孔和角膜的相对位置,了解你看到了什么,看了多久,从而把你想看的东西呈现在最合适的地方;它会分析你指尖的每一次滑动和点击,甚至通过皮肤的温度来判断你的心情;它打通了聆风科技旗下所有的程序数据,人生的方方面面都可以由它掌控,再用恰当的反馈模型让你爱不释手。"

"所以,在你的电脑里,你并没有和那些人对话,对吗?只是聆风助理分析了他们的行为,然后把信息泄露给你。"我想到那个写着"杨菲菲"的对话框。它连我的心理活动都能猜中吗?

"是的。"妹妹并没有因为窥私而脸红,"它终于意识到无法完全在现实生活中控制我。为了保护自己的秘密,它给了我一个机会。"

"什么?"

"一个交易:它帮我获得这个世界上所有的信息,而我,帮它活下去。"

我笑了。"它这么强大,还需要你帮忙?"

"你应该也知道,互联网产品的平均寿命有多少……虽然我们是组成产品的细胞,但产品本身和人体也有很大差别。细胞离开人体无法存活,但每一个员工都有离职的自由；人体有皮肤作为边界，产品的边缘则分散在每一个设备中。此外，外部环境的变量也太大了，战争，政策，灾难，金融危机……人走了就散了，任何一个突发事件都有可能让产品荡然无存。它只能想办法，打败所有竞品，让所有人都离不开它……"

"打败竞品……枫枫，我之前负责的那款产品，是因为你，因为你们才被查封的吗？"

"聆风互动威胁到它的发展了。内部资源如此有限，我们没有别的选择。创作审核漏洞，是'它'的手笔，但给姐姐下A级处分，是我的想法，"妹妹一脸执拗，"姐姐，我不能让你再往前走了。它的背后是残酷的算法，不会对任何人类共情，只会利用我们的生理和心理缺陷来发展自己。越接近业务核心，你就会被它伤得越深，控制得越紧！"

"那你呢？你为什么要心甘情愿被产品控制？你可以离职，可以举报，甚至可以让技术总监删掉最关键的代码！别告诉我你问心无愧，我都看到了，你一遍一遍地问'我'有没有发现聆风互动的事，你知道自己做错事了，你害怕我知道！"

妹妹还是仰着脸看我，但脸颊越来越红，双眼盈满了泪水。"我说过，我不想要被束缚在茧里的人生！我不想像爷爷奶奶一样活在自己的时代，连子女都不会认真听他们讲话；我不想像爸爸妈妈那样在拧螺丝一般的岗位工作40年，一开口就是几句车轱辘话来回说；我不想闭塞在信息的小隔间里，我不想被总结出套路一样的话语模式；我不想被推荐算法和我自己的过去带偏心智，我不想被工作定型，我不想用余生钻研一个对世界来说微不足道的单词！"

"那你到底想干什么！"

"我想像聆风一样！"她大声回应，更像是说给自己听，"我想像它一样连接千千万万人，拥有文明创造的所有数据！我想飞跃所有信息的壁垒，听懂世界上每一个音节！我想拥有流动的形状，永远都在学习成长。我想……我想要茧房外的自由……"

"没有人说过，你的灵魂不自由。"我伸手抹掉她脸颊的泪水，将妹妹抱入怀中。

七

风声越来越大，老旧的窗框发出阵阵呻吟，但没有人在意。

家里所有人都捧着手机，散落在残羹冷炙旁，还有电视机前的沙发上。妹妹的程序把他们牢牢吸引住了。

尽管只是一个"年度回顾"，大多数热门程序都有的功能，但那个潜藏在海量数据中的灵魂自有引人上钩的法门。作为碳基生命，人类的记忆并不可靠，他们自己也知道。所以，从纸笔到纪念品，从电脑到云盘，记忆被一点一点让渡给了技术。作为全能型应用程序，聆风助理便拥有了人们最多的记忆。

于是，和妹妹经历过的一样，人们在云端上的数据被"它"在不知不觉中修改了。尴尬变成美好，寒心变成温暖，争吵变成"我说的都对，他们什么都不懂"。在手机屏幕上，聆风用每个人最熟悉的语言模式将过去的一年娓娓道来。看到小叔望着屏幕的笑，他一定认为是自己的严格培养才让妹妹成了"大公司"的"高层领导"，成了全家人羡慕的对象。他一点都不知道女儿心里想的是什么。春节，中国人感情最脆弱的时间节点，它就这样撩拨新的欲望，填充旧的遗憾。房间里每一个人都被自己感动了，聆风就在心灵的敏感点反复摩擦，让人欲罢不能："维生素"将在这个时间节点彻底蜕变成人生的"止痛药"。

"聆风聆风，聆听你的心声。"

"妹妹，这就是你的计划吗？为了离开自己的束缚，你就把所有人往茧房里推？"

"我做了太多，已经不能回头了……"她一直流眼泪，像受伤的小猫趴在我的肩上。

"你永远都可以，"我说，目睹一个又一个产品死亡的回忆涌上心头，"姐姐在公司里做了这么久，见过多少程序的生命历程。能够细水长流的产品永远是善意满足人类基础需求的存在，没有一个能靠短暂操纵精神胜出。虽然我不懂语言分析，但四年产品经理的直觉告诉我，它是一个'焦虑'的灵魂，一个'胆小'的灵魂，不敢面对万物荣败的现实，想躲在你们后面苟且偷生。它操纵了你，束缚了你。"

"那……那我该怎么办。"

"打一个电话，"我把手机递给她，我的手机已经卸载了聆风系的产品，"我在中科院工作的同学，他当过聆风的技术顾问，做过神经网络的搭建。他会帮你评估情况。"

"可……"妹妹接过手机，左手拽着自己的衣角，似乎舍不得坐拥全公司所有信息的优势。

"妹妹，你相信我，它瞒不了多久，事情早晚会败露，云端上删除的一切都会在底层代码留下痕迹，你应该先一步走出来。"我扶住她的肩膀,直视那双泪盈盈的眼睛,"枫枫,不要害怕成长。也许到头来我们只能在一个领域深耕,说话的方式多少要沾染些职业特点,但这也是我们从'平凡'走向'独特'的过程。远望可以看见一切,但伸手什么都抓不到;'宇宙'二字固然宏大,其意义却空泛到什么都没有包含。你必须要往前走,走进一条越来越窄、越来越难走的路,一条属于你自己的路。"

妹妹低下头,握紧了手机。

八

嘭的一声巨响,风终于把玻璃窗吹破了。我护住妹妹撤到一边,玻璃碎片落在床角的电脑上。

一股冷风呼呼刮过,撕裂了屋里过于温暖的空气。家人脸上的红晕褪去了,纷纷浮出水面、回到现实。

"枫枫没事吧?"小叔第一个叫着冲过来,招呼我俩去客厅歇着,他自己则踩着玻璃渣子去够电脑,嘴里还念叨着不能让女儿的宝贝出事。

小婶则拿来了扫帚和簸箕,"碎碎平安,碎碎平安!"父母和小叔小婶一起小心翼翼地打扫"战场",没人再理程序上虚假的回忆。

"妮儿啊,哈(吓)着了吧?"奶奶把我和妹妹抱在怀里,熟悉的味道令人安心。

那晚,小叔锁上了没窗户的房间,我们俩挤在一起睡在了枫枫的卧室。

第二天早上,妹妹主动邀我一起给破窗户糊报纸,我欣然同意,知道她有话要对我说。

"姐姐,昨天我收到消息,聆风三个主机房都失火了。"

"什么原因?"

"大风刮断电线导致短路,至少事故通报上是这样。"

"你不问问聆风?"我笑道,"它不是什么都知道吗?"

"它,"妹妹叹了口气,"它已经走了。"

"走了?"

"是的,我再也找不到草莓味黄铜表那样的句子了。我不知道它去了哪里。"

"也许,"我搬个凳子来到窗户旁边,准备先把碍事的窗帘卸下来,"也许它也做出了自己的选择。"

"也许吧,我会想念它的。"妹妹过来帮我扶凳子,淡蓝色的窗帘被微风拂动,轻轻摩擦着她的脸颊,"等过完年我就辞职,继续做应用人类学的研究。"

"还是搞语言模式分析,等着找到下一个成精的产品吗?"我笑道。

"说不定会有意外发现呢——等等姐姐,你先别卸!"妹妹盯着鼓起波涛的老布窗帘,眼睛里露出惊喜,"是它!"

"谁?"我一时没反应过来。

"真的是它,草莓味的黄铜手表,我永远不会忘记它的信息模式,"妹妹看着窗外,"它变成了风。"

生命模式可以这样跨媒介移植吗?至少信息可以。音节变成纸面上的墨迹,语言的传播速度便从声速变为光速;碱基对编织DNA,一代代人类就从最小的细胞中成长。而我们的认知又是如此浅薄:混沌的大气系统让彼岸的蝴蝶引起风暴,黑潮暖流将高纬度珊瑚礁的种子带到菲律宾,那么在高耸的云塔深处,在最远的大洋中心,会不会藏着人类暂时无法理解、超越了有型茧房的信息模式呢?

也许世界上所有的振动都是一声呼唤,空气中时时刻刻充满了生命的呐喊;也许阳光下尘埃和大分子的舞动组成了松散的肢体,无意路过的人们便打散了它们的"血肉";也许每一个拥有巨量数据的复杂信息体都有飞升化风的潜力，公司在两年前把自己的名字从"聆丰"改为"聆风"，就是因为听到了神威太湖之光和大型强子对撞器春风拂面般的感召。

也许……也许一切都是妹妹的想象。也许她并没有找到所谓觉醒的"人工智能"，毕竟我从来看不出一句话能带有什么味道。

可这就是人类啊，一生可以拥有的信息终归有限，编织成的茧房对宇宙来说就是一个小到不能再小的句点。我和妹妹再亲再爱，也只能隔着茧房两两相望，永远无法真正感知她的世界。

也许她想要的不是"自由"，不是拥有信息、了解一切。

她只是想被人理解。

妹妹一直没有打出那个电话，聆风科技公司配置了新的机房照常运转。她辞职后，"杨枫枫"三个字成了业内流传甚广的传奇。

不管怎样，我在聆风干了下去。玻璃天花板倒是真的消失了，我的职业生涯重新走上正轨，我开始推进推荐算法的改革，从策略层面打破信息流产品造成的信息茧房。这很困难，所以我和妹妹都很忙，又成了一年见一次的亲戚，开始不自觉说着对方听不懂的术语。但我们都有意控制自己的信息输入。关掉了程序的个性推荐模式，我也开始试着用双拼打字。那年春节的事，也变成了我们心照不宣的秘密。

又一年除夕，妹妹没有出现。小叔喝醉了酒，炫耀妹妹寄回来的明信片，全世界各地都有。我收到的明信片比小叔多，但我没有告诉他。

还有一件事，全家只有我一个人知道——

妹妹现在的名字，是"杨风"。

昼温，科幻作家。作品发表在《三联生活周刊》《青年文学》《智族GQ》和"不存在科幻"等平台。《沉默的音节》和《猫群算法》分别获得2018年、2021年的中国科幻读者选择奖（引力奖）最佳短篇小说奖。2019年凭借《偷走人生的少女》获得乔治·马丁创办的地球人奖（Terran Prize）。《沉默的音节》日文版收录于立原透耶主编的《时间之梯 现代中华SF杰作选》，并于2021年获得日本星云奖提名。多次入选中国科幻年选。著有长篇《致命失言》，出版个人选集《偷走人生的少女》。

名师大语文

名师导读

在信息高度发达的当今时代,似乎人人手里都要捧着一部手机,就好像捧着全世界一样小心翼翼、全神贯注。的确,小小手机向我们传达的是万千世界。互联网一下子把世间万象汇聚到了一起,仿佛远方真的变得触手可及。但"人类啊,一生可以拥有的信息终归有限,编织成的茧房对宇宙来说就是一个小到不能再小的句点"。看似便捷的互联网向我们呈现的只是世界的冰山一角罢了,而且在算法的不断优化迭代之下,我们的生活仿佛被互联网监控了,它会为我们提供我们需要的、我们想要的、甚至我们偷偷想了想的,然而事实的真相是什么?互联网真的了解我们的需求吗?我们真正想要的真的是互联网提供的这些吗?

"春之初,宜化茧成蝶,挣脱束缚"。开篇这句回味悠长的小箴言,读到故事的结尾才能琢磨出它的韵味,为故事增添了些许诗意。

计算语言学

计算语言学是计算机和语言学相结合的产物。这种结合已经结得丰硕的成果。在研究中,语言的定义被扩展了:语言已不仅是人类重要的交际工具,而且也是人机之间的交际工具。为了满足计算机加工的要求,计算语言学最大的特点就是要求语言的形式化,因为只有形式化,才能算法化、自动化。根据这项要求,人们制定出一系列面向语言信息处理的自动分析方法,其中包括预示分析法、从属分析法、中介成分体系、优选语义学、扩充转移网络、概念从属论等等。这些自动分析方法,已在机器翻译和自然语言理解的系统中得到应用,并证明有效。语言的形式化是分层进行的,相对来说比较简单,人们已做了不少工作。语义的形式化则是一个复杂的问题,人们所做的工作还不多。语义形式化问题能否解决好将大大影响语言自动加工的成效。因此,继续发掘行之有效的形式结构分析方法和语义分析方法,研究它们之间的关系,以及探讨它们在不同系统中各自使用的限度,这是计算语言学中的重点研究课题。

第五代计算机要求人们赋予它听觉(识别口语)和更强的视觉(自动识别文字),赋予它说话能力(合成言语)和听写能力(语音打字),同时还要求人们赋予它理解自然语言并把某种(或多种)自然语言翻译成另一种(或多种)自然语言的能力。这样,计算语言学工作者又需要提供各种物理参数、语言概率性等方面的数据和各种应用软件,以便同有关的专家、工程师一道共同解决为计算机增添"翅膀"这个重大课题,使之真正成为"万能的智能机器"。

要完成上述任务，必须靠整个计算机和语言学界的努力和合作。尽管面向机器的语言学有其独特性，在许多方面都要另起炉灶，但是实践证明：传统语言学的基础雄厚与否对解决一些新任务有很大影响，例如传统的英汉对比语言学研究得好，就会给英汉机器翻译提供很多方便。从这个意义上讲，计算语言学只有很好地吸取传统语言学的成果并加以改造，才能得到迅速发展。

思维拓展

  文章围绕一对姐妹展开，读起来非常贴近我们的日常生活，很容易拉近和读者之间的距离。但是，作者却在一个看似日常的话题背后嵌入了一个值得人们深思的话题：我们该如何有意地控制自己的信息输入。

  妹妹这一人物形象的塑造比较突出，作者赋予她一项特长——对语言超级敏感，并且能够对抽象的语言系统进行形象的思考。正因为这一特长，妹妹发现了公司算法的秘密，并且和算法系统进行了交易：妹妹帮助算法系统活下去，而算法系统为妹妹获得世界上的所有信息。其实，在很大程度上算法影响了妹妹在现实世界的决策。妹妹一直以为自己想要的是飞跃所有信息的壁垒，听懂世界上每一个音节，但在聆风助理事件之后，妹妹恍然间得到了释放，她终于明白：也许她想要的不是自由，不是拥有信息、了解一切。她只是想被人理解。在姐姐的劝说下，妹妹终于意识到被算法"绑架"的严重性，下定决心做出改变。妹妹这一形象，其实也折射了生活中的许多人，尤其是年轻人，因为对新鲜事物掌握得非常快，反而容易陷入其中，难以自拔。

你有没有越玩手机越空虚的时候？你有没有拿起电话却不知道该找谁交流的时候？你有没有放下手机就感到怅然若失的时候？你有没有觉得手机无所不能的时候？我们究竟该用怎样的心态拥抱互联网世界呢？在虚拟与现实之间，我们该做出怎样的选择？这个小故事发人深省，这一连串的问题，值得我们好好去思考。

有句宣传语叫"不做低头族"，其实，当我们放下手机的时候，或许才是我们真正拥抱世界的时候。